ecco

Fine Gråbøl

Welches Königreich

Roman

*Aus dem Dänischen von
Hanna Granz*

Ecco

Die Originalausgabe erschien 2021
unter dem Titel *Ungeenheden* bei
Gads forlag, Kopenhagen.

eccoverlag.de

1. Auflage 2024
© Fine Gråbøl
Deutsche Erstausgabe
© 2024 für die deutschsprachige Ausgabe
Ecco Verlag in der
Verlagsgruppe HarperCollins Deutschland GmbH, Hamburg
Einbandgestaltung von Anzinger und Rasp, München
Einbandabbildung von Evelyn Dragan
Autorinnenfoto von Eliyah Mesayer
Gesetzt aus der Adobe Garamond Pro
von GGP Media GmbH, Pößneck
Druck und Bindung von CPI books GmbH, Leck
Printed in Germany
ISBN 978-3-7530-0095-4

§

Das süße Versprechen des Gangs

Von allen Tageszeiten mag ich den frühen Morgen am liebsten. Wenn es noch nicht Tag, aber auch nicht mehr Nacht ist. Gegen fünf kann ich endlich entspannen und dem neuen Tag entgegensehen, meine Gedanken sortieren und sie dadurch überblicken. Nachts wirbeln sie um mich herum wie Möwen um trockenes Brot in einer knausrigen Stadt. Ich kann die Flügel der Möwen schlagen hören, aber nicht vorhersehen, welchen Kurs sie nehmen werden. Waheed hört nachts richtig laut 50 Cent, vielleicht versucht er, sich dadurch abzulenken. Oft zittert der Boden meines Zimmers von den Bässen. Waheed schläft den ganzen Tag, wacht abends gegen zweiundzwanzig Uhr auf und macht dann Musik an. Es ist so laut, als würden wir uns im selben Raum befinden, als teilten wir uns ein Zimmer. Ich habe mir Ohrstöpsel zugelegt und mich beim Spätdienst beschwert; wenn ich Waheed auf dem Flur begegne, werde ich jedes Mal wütend. Er hüpft an mir vorbei, blickt mich liebevoll an und grüßt mich. Ich grüße zurück, den Blick auf einen Punkt über seinem Kopf gerichtet. Ich versuche, möglichst geradeaus zu gehen. Ich mag es nicht auszuweichen, genauso wenig mag ich plötzliche Gefühlsumschwünge, ein Auto überfährt draußen einen Fußball. Meine Alltagsroutinen sind überlebenswichtig für mich. Herz im Herzen, wohin gehen wir.

Wir sind in diesem Haus hoch über der Erde untergebracht, in Zimmern mit vielen verschiedenen Gegenständen. Ich höre eher, was Waheed im Stockwerk unter mir tut, als Sara im Zimmer neben mir. Von Lasse, Hector und Marie höre ich nichts, sie wohnen allerdings auch den Flur weiter runter. Wir sind nach § 107 hier untergebracht worden, in einer Übergangs-WG für junge Erwachsene zwischen achtzehn und dreiundzwanzig. Die übrigen Stockwerke vom Erdgeschoss bis zum vierten sind nach § 108 belegt, das bedeutet permanente Unterbringung. Ich habe keine Pflanzen, ich besitze aus Prinzip keine Dinge, die sterben könnten, es ist zu anstrengend, was lebt ewig, ich weiß es nicht. Sara hat sehr viele Dinge, das Personal hilft ihr dabei, aufzuräumen, Ordnung zu halten, alles an die richtigen Stellen zu sortieren. Saras Schuhe stehen aufgereiht neben der Tür; auf ihrem Bett eine gemusterte Tagesdecke in Beige. Ich weiß nicht, wie es in Waheeds Zimmer aussieht. Ich stelle mir ein Sofa vor und einen dicken Teppich, ich weiß nur, dass er eine Lautsprecherbox hat oder eher zwei. Alle Stockwerke hier ähneln sich: zwischen fünf und zehn Wohneinheiten, ein Personalraum, ein Gemeinschaftsraum, Raucherbalkone sowie glänzende Linoleumböden. Die vielen Whiteboards sind ebenfalls typisch. In der Jugendabteilung ist der Flur mit einem *Herr der Ringe*-Plakat verschönert worden, einem Sessel sowie ein paar Zimmerpalmen. Ansonsten nicht viele Möbel, weder im Gemeinschaftsraum noch in der Küche. Möbel schaffen Unordnung, hier werden sie uns erspart.

Und weil ich nachts nie schlafe und tagsüber auch nicht, besuche ich das Nachtpersonal im Erdgeschoss oft. Dort bekommt man eine Tasse Tee oder kann mit Schlaflosen aus den anderen Stockwerken eine Zigarette rauchen. Fast alle vom Nachtpersonal haben einen Schnellkurs in NADA absolviert, einer Art Akupunktur, bei der einem etwa zehn Nadeln in Ohren, Hinterkopf und manchmal auch in den kleinen Finger gestochen werden, als Alternative zu Benzodiazepinen, Beruhigungsmitteln. Darüber hinaus schließen sie einem auch gerne den Fitnessraum auf, wo es neben Trainingsgeräten einen Massagesessel gibt. Um diese Tageszeit ist selten viel los, die meisten Bewohner schlafen, und bei denen, die besondere Unterstützung in Form von Medikamenten oder anderen physischen Hilfsmitteln brauchen, ist das bereits im Plan vermerkt. Meist arbeitet der Nachtdienst zu viert, alle tragen einen Alarm am Gürtel, es ist ein anderer Schlag von Betreuern als tagsüber. Eine Härte, die man nicht mit Kälte oder Abgestumpftheit verwechseln sollte, ihre Fürsorge wirkt eher routiniert. Auch wenn es erlaubt ist, ihn im Erdgeschoss zu besuchen, ist das nicht als Wärmestube gedacht; die Nacht ist zum Schlafen da, daran muss ich meinen Tagesrhythmus, so gut es geht, anpassen. Wenn wir NADA brauchen, können wir klingeln, dann kommt jemand zu uns aufs Zimmer. Ich mag von allen Mark am liebsten, er ist gut aussehend, stark und hat sanfte blaue Augen. Ein ehemaliger Boxer aus Kalundborg, kahl geschoren, mit langem Bart und immer in Freizeitklamotten. Wenn Mark nicht arbeitet, soll niemand zu mir kommen. Manchmal, ganz selten, schlafe ich mit den Nadeln ein, und dann schleicht er sich zu mir rein und zieht eine nach der anderen wieder heraus. Manchmal wache ich dabei auf, aber ich lasse mir nichts anmerken. Ich genieße es, wenn er schweigend meinen Hinterkopf anhebt, behutsam die Nadeln rauszieht, dann die Wattetupfer an den Ohren, wenn es leicht zu bluten beginnt; die Fürsorglichkeit, die man nur einem Schlafenden angedeihen lassen kann, die Gewissenhaftigkeit.

Wenn Mark Dienst hat, trinken wir zusammen Café Crema aus dem Automaten oder boxen im Fitnessraum. Ich habe viel Wut und Chaos im Körper, deshalb mag ich auch den Gemeinschaftsraum im Erdgeschoss nicht, wo nur nutzloses Zeug, Pflanzen, Spiele und Bücher herumstehen. Die Zimmer im Krankenhaus fand ich besser, da gab es so gut wie keine Dinge. Dafür mochte ich den Geruch weniger, und das ist am Ende ausschlaggebend; hier im Wohnheim ist er nicht so schlimm. Der Gemeinschaftsraum ist wie ein Café eingerichtet. Man hört die Industrieküchenspülmaschine fast permanent laufen. Das Wohnangebot, sowohl in der Dauerunterbringung als auch in unserer Übergangs-WG, ist so was wie ein Zuhause auf Probe. Der Gemeinschaftsraum ist so gesehen eine Vorstellung, die noch nicht begonnen hat, der Entwurf einer Szenografie. Mark schließt mir gerne die Küche auf, wenn ich nachts reinmöchte. Das kommt aber selten vor. Die meisten Lebensmittel, die ich brauche, bewahre ich in meinem Zimmer auf: weiche Brötchen, roten Fruchtjoghurt, Honig, und die Küche benutze ich nur, um mir eine Packung Tortellini zu kochen.

Ich habe mich auf den Boden gelegt. Über mir hängt die Decke wie eine pralle Haut, ihr Gewicht erdrückt mich, und ich rolle mich auf den Bauch, ziehe mich über den Boden ins Bad, drücke den Alarmknopf. Ich kann nicht sprechen, ich weiß nicht mehr, wie es geht, als würde meine Stimme ausgeschaltet, sobald ich sie benutzen will. Das Personal zieht mir das T-Shirt aus, es ist schweißgetränkt, ich zittere, und die Badezimmerdecke flimmert beim Ansehen, der Rettungswagen kommt. Sie heben erst meinen einen Arm an, dann den anderen, sie sehen, dass beide nicht mehr zum Rest des Körpers gehören, so war es nie gedacht, meine Arme fallen kraftlos herab, sie sagen, *du kannst dich sehr wohl bewegen, du weißt genau, dass ich hier stehe*. Das Licht ihrer kleinen Taschenlampe sticht in den Augen, sie kommen mit einer Trage, das sei aber freiwillig, meine eigene freie Entscheidung, die Verbindung meines Gesichts mit dem Linoleum, erst wenn alle wieder gegangen sind, erst wenn alle miteinander wieder gegangen sind, kann ich hier zu Hause, wo ich wohne, ein wenig zur Ruhe kommen.

Wenn man aus dem Aufzug auf den langen Gang tritt, merkt man wahrscheinlich nicht sofort, dass es auf der linken Seite fünf individuelle Zimmer gibt. Eins für Lasse, eins für Sara, eins für Hector, eins für Marie und eins für mich. Der Linoleumboden reflektiert das grelle Licht der Neonröhren. Man hört keine Stimmen, auch keine elektronischen, aus dem Fernsehen, keine lauten Schritte auf dem Gang, auf dem Balkon sieht man keine Zigaretten glühen. Ich habe keine Geheimnisse und deshalb auch keine Vergangenheit. Die Lampen auf dem Gang sind mit Bewegungsmeldern ausgestattet und reagieren, sobald man ihn betritt. Wenn jemand kommt, erkenne ich es am Licht und am automatischen Summen der Lampen, noch bevor ich Schritte höre. Mein Bezugsbetreuer ist heute früh dran.

Thomas sitzt vor seinem Computer und tippt auf der rechteckigen Tastatur. Sein Büro befindet sich am Ende des Gangs, gleich neben der Feuertreppe, schräg gegenüber von meinem Zimmer. Durch das kleine Fenster zum Hof sehe ich unten jemanden Teppiche klopfen, daneben blüht violetter Flieder. *Alles muss dokumentiert werden, ist leider so,* Thomas breitet die Arme aus und zieht die Schultern bis zu den Ohren hoch. Mit dem Handrücken wischt er sich die Nase ab, sie läuft ein wenig, dann tippt er weiter, schaut mich an, dreht sich wieder weg. *Wir müssen uns eine Strategie für dich überlegen. Ein paar Dinge aufschreiben, die dir helfen können, den Alltag zu bewältigen.* Thomas mit den dunkelblauen Augen und dem abgetragenen schwarzen Wollpullover. Thomas mit den kräftigen Händen und den New-Balance-Schuhen, eine analoge Uhr mit kakaofarbenem Lederarmband am rechten Handgelenk, ein Muttermal unmittelbar unter dem feuchten Rand seines Auges, leicht gelocktes braunes Haar. Er ist der Wohnbereichsleiter hier auf der Fünf und mein Bezugsbetreuer. Als ich eingezogen bin, herrschte gerade Personalmangel, und er musste einspringen. Eigentlich arbeitet er ohnehin lieber an der Basis als in der Administration, habe ich ihn mal zu Lars sagen hören, als ich vor der Bürotür stand und gelauscht habe. Man kommt vom Krankenhaus ins Wohnheim, von weiblicher Fürsorge in männliche, von medizinischer Betreuung in pädagogische; von Gemeinschaftswaschbecken und Nachtlichtern zu Kampfkörpern und Gemeinschaftsaktivitäten, man stellt sich um. *Ich möchte schlafen lernen,* sage ich, *okay,* sagt Thomas, *dabei kann ich dir leider nicht helfen, aber sag es Helle, wenn sie am Donnerstag da ist.* Er schlägt das linke Bein über das rechte, lehnt sein Knie an die Armlehne des Bürostuhls. Über seinem Kopf hängt ein Poster zu Bob Dylans *Oh Mercy*, Thomas trinkt einen Schluck Kaffee. *Dafür kann ich dir helfen zu überlegen, was du machen könntest, wenn du wach bist.* Er lässt die linke Hand auf dem schwarzen in Leder gebundenen Kalender ruhen, als überlege er, lässt dann los, nimmt die Kaffeetasse und balanciert sie zwischen den äußersten Fingerspitzen beider Hände.

Nachts erleben wir das Haus in seiner Gesamtgemengelage, tagsüber bilden wir auf der Fünf eine abgetrennte kleine Einheit. Gestern Nachmittag haben die *Strejkedrengene* ein Privatkonzert im Café im Erdgeschoss gegeben, darüber wurden wir in der WG aber gar nicht informiert. Wahrscheinlich haben sie gedacht, das wäre nichts für uns; und dass zu viel Herumtreiberei auf anderen Stockwerken uns verunreinigen, uns noch stärker institutionalisieren und noch licht- beziehungsweise weltscheuer werden lassen könnte. Das Gebäude, in dem wir leben, war ursprünglich ein Pflegeheim. Mitte der Nullerjahre wurde es umstrukturiert, um psychisch schwer Erkrankte betreuen und unterbringen zu können, die ein Zuhause, eine stabile Wohnsituation mit Rund-um-die-Uhr-Betreuung brauchten. Die Pflegeheimbewohner wurden woandershin verlegt, der Gemeinschaftsraum im Erdgeschoss frisch gestrichen, ein paar Bücher wurden zusammengesucht und in alte braune Regale gestellt. Dann wurde ein Künstler eingeladen, der die weißen Wände im Eingangsbereich mit abstrakten bunten Motiven bemalte. Das Café im Erdgeschoss bekam einen neuen Betreiber, der die tägliche Versorgung mit gesundem, wohlschmeckendem Essen gewährleisten sollte. Insgesamt ermöglichte man so eine Umnutzung des Hauses mit etwa hundert erwachsenen Bewohnern aller Altersstufen, die ganz unterschiedliche, aber ähnlich anspruchsvolle Bedürfnisse haben. Die Bewohner des ersten bis vierten Stocks sind nach § 108 des Sozialgesetzbuchs untergebracht: Die Kommune ist dazu verpflichtet, Wohnformen zur Verfügung zu stellen, die für einen längerfristigen Aufenthalt von Personen geeignet sind, welche aufgrund physischer oder psychischer Einschränkungen umfassende Unterstützung im Alltag benötigen oder betreut und behandelt werden müssen und deren Bedarfe nicht anderweitig gedeckt werden können. Oft verbindet man die Effektivität einer Institution ja mit deren Größe; je größer, desto besser. Superkrankenhaus, Supermarkt, Supercenter. Unser Wohnheim bildet da keine Ausnahme. Viele der §-108-Bewohner dürften Probleme mit den sozialen Herausforderungen dieses Ortes haben: Jedes Mal wenn sie aus ihrem Zimmer treten, treffen sie auf Mitbewohner oder auf Pflegepersonal. Umgekehrt kann aber auch Isolation schwerwiegende Folgen haben, und Wohnzentren bauen nun mal auf einem sozialen Fundament auf. Diese Ambivalenz schwingt als dröhnender Unterton im Alltag aller Bewohner des ersten bis vierten Stocks mit, nicht aber bei uns im fünften. Und zwar aufgrund eines einfachen sozialpolitischen Unterschieds: Wir sind nach § 107 untergebracht, das heißt, vorübergehend. Es ist nicht vorgesehen, dass wir bleiben. Es ist vorgesehen, dass wir ein paar Dinge lernen, die wir beibehalten sollen. Man könnte sich sicherlich fragen, wieso die Jugendwohngruppe ausgerechnet in einem ehemaligen Pflegeheim untergebracht ist und nicht in einem eigenen Gebäude, abgetrennt von den §-108ern, wenn diese Unterscheidung denn so wichtig ist. Man könnte sich auch fragen, weshalb all diese Kranken unter ein und demselben unsicheren Dach versammelt sind, und die Antwort würde einen nicht überraschen.

Ich hatte mir vorgenommen, einen Schal zu häkeln. Also kaufte ich mir hellblaue Wolle und fing an. Das ist jetzt ungefähr drei Jahre her, genau weiß ich es nicht mehr. Es fällt mir schwer, ihn zu beenden, es fällt mir schwer, nicht einfach einen immer längeren Strick daraus werden zu lassen. Ich sage Strick, weil es eher ein Strick ist als ein Schal, er liegt in einem Korb in meinem Schrank. Der Schal ist nicht fertig, und genau deshalb häkle ich so gerne daran; das Projekt erscheint endlos. Der Schal sieht mich an und wartet. Ich bin nicht einmal besonders gut in Handarbeiten, das ist ein weiterer Grund, weshalb er noch nicht fertig ist. Ich kann nicht blind häkeln, meinen Händen nicht freien Lauf lassen, ich muss mich selbst immer wieder daran erinnern, wie es geht. Ich vergesse viel, als müsste man Erinnerungen opfern, um neue Erfahrungen machen zu können, als wäre da sonst nicht genügend Raum. Damals, vor etwa zwei Jahren, wurde mir im Krankenhaus geraten, wichtige Dinge aufzuschreiben, bevor ich mit der Elektroschockbehandlung begann, zum Beispiel meine Kreditkarten-PIN oder die meines Handys, die Telefonnummern der Menschen, die mir wichtig waren. Auch wenn das jetzt lange her ist, reizt es mich manchmal noch, das Notizbuch rauszuholen und mir die Listen anzuschauen: Codes vor allem. Zahlen, Nummern. Leute, denen ich Geld schuldete. Alles andere musste im Namen der Gesundheit zurückstecken. Und Marie, die mit der Wäsche im Arm über die glatten Fußböden geht; ich sehe sie und übernehme jeden Tag eine neue Sprache von ihr.

Maries Haar ist relativ kurz, es reicht ihr bis knapp über die Schultern, ist dünn und ausgeblichen, mit einem Glätteisen geglättet, und der Pony liegt auf den Augenbrauen auf. Sie ist schmächtig, aber nicht klein und hat einen vorstehenden runden Bauch, wie die meisten, die Psychopharmaka nehmen. Wenn wir auf dem Flur an ihr vorbeigehen, schaut sie über unsere Köpfe hinweg. Sie ist selten auf der Fünf, obwohl sie hier wohnt, aber wenn sie da ist, sitzt sie oft im Wohnzimmer mit dem Balkon, wo es zwei Computer gibt. Sie redet mit den Betreuern, als würde sie schon ewig hier leben. *Lars!* Ihre Stimme ist schrill und durchdringend, sie spricht die Wörter schleppend aus und lacht aggressiv. Sie geht, als würde es sie, genau wie mich, nicht kümmern, dass die Arme eigentlich Teil des restlichen Körpers sein sollten. Mit schief gelegtem Kopf und den Mund leicht geöffnet, schaut sie in den Kühlschrank der Gemeinschaftsküche, schiebt die Hüfte vor, schließt die Tür dann wieder. Im Vorratsschrank entdeckt sie Knäckebrot, nimmt sich ein paar Scheiben, macht auf dem Absatz kehrt und verlässt mit großen Schritten den Raum. Marie beeilt sich für niemanden, nicht jedem gehört die Zukunft.

Ich fühle mich alles andere als apathisch. In der Küche mache ich mir einen Nescafé. Die Tasse ist ein bisschen zu voll geworden, ich kleckere auf dem Weg zum Balkon, verbrenne mir die Finger. Ich weiß doch, was heute geschehen wird: Die Vögel wissen es. Ich weiß doch, was heute geschehen wird: Die Baumkronen wissen es, sie nehmen den Wind in sich auf. Nichts stört die Bewegung der Blätter. Nichts stört meine Hand im Zusammenspiel mit der Tasse. Nichts stört das Verhältnis meiner Haut zur Umgebung: Die Nägel wissen es, die Wolken. Nichts stört die Entgegennahme des kochenden Wassers mit meinen Händen oder das dringende Verlangen meiner Arme, etwas zu spüren; es zu benennen, es zu fühlen. Keine Wolke am Scheißhimmel, kein Haar auf meinem Arm, wir gehen den sonnigen Monaten entgegen, die Tage werden länger als die Nächte, keine Veränderung im Verhältnis meines Gesichts zu Blut, keine Veränderung im Verhältnis der Häuser zu Menschen.

Die Psychiaterin Helle kommt jeden Mittwoch und jeden zweiten Donnerstag. Sie ist für unsere WG zuständig sowie für die meisten anderen Jugendlichen, die aus unterschiedlichen Gründen dauerhaft hier untergebracht sind. Die Wohnungen dieser Jugendlichen verfügen jeweils über eine kleine Küche und zwei Zimmer, einige haben sogar einen Balkon, und im Unterschied zu den meisten anderen sozialen Einrichtungen befindet sich diese mitten in der Stadt. Dennoch wird uns nicht dazu geraten, hier eine permanente Wohnung zu beantragen, obwohl es verlockend erscheinen mag. Für viele von uns lautet die Frage: Warum etwas Besseres suchen als das hier? Und wieso sich auch nur vorstellen, wie es wäre, alleine zu wohnen, möglicherweise mit einem Unterstützungsangebot ein- bis zweimal die Woche und unter der Voraussetzung, dass man selbst die Verantwortung für die eigene Stabilität sowie die medizinische Behandlung übernimmt? Es ist einfach unmöglich, sich so ein Leben vorzustellen. Folgendes wird uns immer wieder gesagt: Der Tag wird kommen, und wir können gemeinsam üben, Suppe zu kochen. Uns wird gesagt: Wir kochen gemeinsam Suppe, wir stehen einander bei. Uns wird gesagt: Lerne, dich selbst zu loben, dir zu helfen und dich selbst zu lieben, heute hast du Möhren geschält, sei stolz darauf. In sieben Jahren kochen wir Linsensuppe, die wir dann als voneinander unabhängige, selbstständige Individuen gemeinsam essen. Was kommt als Nächstes?

Jemand hat mir Blumen geschenkt. Jemand ist mit Blumen vorbeigekommen, und nachdem die Stiele um eine Daumenlänge gekürzt worden sind, hat er sie in eine bis zum Rand mit Wasser gefüllte Vase gestellt. Ich besitze keine sichtbar lebendigen Dinge in diesem Zimmer und vor allem keine Krankengeschenke: Blumen, Schokolade, Wochenzeitschriften. Es wäre besser, die Blumen wären aus Kunststoff, es wäre besser, sie wären tot. Es wäre besser, sie wären glänzend, hart und so gut wie unzerstörbar. Stattdessen sind sie empfindlich und bewegen sich, sobald ich das Fenster öffne; sie sind schlank, und die Blütenblätter hängen unbeholfen herab, als bäten sie geradezu darum, ausgerupft zu werden. In meinem Zimmer: ein Schreibtisch, ein Stuhl, ein Sessel, ein Bett, ein kleines Tischchen neben dem Bett. Eine Deckenlampe, eine Lampe auf dem Schreibtisch sowie eine weitere auf dem Nachttisch. Ein Glasschrank mit ein paar Tassen, Wassergläsern, Tellern, Messern, Gabeln, Löffeln. Außerdem viel Zeug, Taschen und Klamotten, lose verstaut im Flurschrank. Etwa zehn Bücher sowie zwei Rätselhefte. Ich bewahre ganz bewusst keine weiteren Dinge in diesem Zimmer auf, aber nicht nur, weil Möbel durch ihre bloße Anwesenheit Unordnung schaffen; weil zu viele Gegenstände ohne konkrete, unmittelbare Funktion sich aus ihrer Dinglichkeit zu einer plötzlichen Persönlichkeit aufschwingen, mit der ich nicht umgehen und um die ich mich nicht kümmern kann. Das ist nicht der einzige Grund. Die Dinge, die sich in diesem Raum befinden, gehören mir. Im Krankenhaus war das anders, sowohl auf der Erwachsenenstation als auch in der Abteilung für Jugendliche. Alles, was mich dort umgab, habe ich irgendwann zerstört. Glasbehälter mit Haferflocken, Weihnachtsbäume auf dem Flur, Kerzenhalter, Topfpflanzen, Kleiderbügel, gepolsterte Stühle, Stühle ohne Polster, Klappstühle, Gläser, Gläser mit Henkel, Kaffeekannen, Bilder mit Rahmen, Bilder ohne Rahmen, Whiteboard-Marker, Obst, Weihnachtsdeko, kleine Snack-Karotten aus der Tüte, Schachspiele, Rollcontainer, einen Arne-Jacobsen-Stuhl. Und es könnte mir nicht gleichgültiger sein, dass sie kaputt sind; dass ich einen weiteren Gegenstand zerstört habe, der nicht wiederhergestellt werden kann. Das Krankenhaus gehört niemandem, die Möbel des Krankenhauses leuchten auf einer Bühne, sie stinken schon von Weitem nach Requisite. Aber das Zimmer hier? Ich muss versuchen, mich damit zu arrangieren, dass diese Gegenstände niemand anderem gehören als mir.

Am Whiteboard in der Gemeinschaftsküche steht der Essensplan für die gesamte Woche. Jeden Montag wird die Tafel abgewischt, und die Mitarbeiter klopfen bei einem, um zu fragen, ob man eine Idee hat, was man an seinem Essenstag kochen möchte. Fällt einem nichts ein, schlagen sie etwas vor. Der Wochenplan enthält auch weitere wichtige Informationen, zum Beispiel über Geburtstage oder WG-Termine. Diese finden sich in der Regel unter dem Punkt mit unseren Namen und dem jeweiligen Gericht: »Mittwoch: Sara. Lasagne + Salat. Spieleabend.« Der Kochtag ist eine Alltagsübung, ein Beispiel für das Verrichten alltäglicher Aufgaben. Gleichzeitig bietet er eine Art Freistätte, einen Ort, an dem die Hierarchie zwischen Betreuern und Betreuten nicht ganz so stark ausgeprägt ist. Das Verhältnis zwischen demjenigen, der aufpasst, und dem, auf den aufgepasst wird, verwischt vorübergehend. Es tut gut, etwas mit den Händen zu machen. Die Betreuer reden mit uns lieber über Konzerte oder Lauftrainingseinheiten als über unsere Diagnosen. Der Übergang vom Krankenhaus in die WG war heftig; beängstigend, als müsste ich von nun an eine Person mit Aktenkoffer und einem bestimmten Verhältnis zum jeweiligen Wochentag werden:

»endlich Freitag«, »Scheißmontag«, »Ausschlafsonntag«. Klebrige Spießbürgergefühle. Es vergingen mehrere Wochen, bis mich irgendjemand nach meinen bisherigen und aktuellen Diagnosen fragte, es war schon fast beunruhigend. Dennoch ist man hier nicht zwangsläufig an einer Auflösung der psychiatrischen Machtverhältnisse, an einer Enthierarchisierung der Rollen und Routinen aller Institutionen oder an der Aufhebung der Dichotomie zwischen krank und gesund interessiert. Eher sieht man die Abgabe eines gewissen Teils der Macht als ein Teilen der Verantwortung. Die beiden Pole Krank und Gesund zu sehen, bedeutet den Schmerz des Einzelnen anzuerkennen. An einem gewöhnlichen Mittwoch wollte Sara sowohl Wraps als auch Rahmkartoffeln und Frikadellen machen, es sollte eine Geste sein, ein Geschenk an die Fünf, wir sollten etwas richtig Leckeres bekommen, doch mitten im Backen des wachsenden Stapels von Hartweizenpfannkuchen, das ihr plötzlich endlos vorkam, fasste Nadja Sara ruhig, aber bestimmt an der Schulter und führte sie fort von den qualmenden Pfannen.

Waheed würde an seinen Essenstagen am liebsten ausschließlich American Night machen. Obwohl er nicht im fünften Stock wohnt, ist er Teil unserer Kochgruppe. Das soll seinem Wohlbefinden dienen, außerdem ist es gut, wenn ein Jugendlicher lernt, gesund zu leben. Jede Woche liefert Waheed einen gefütterten Umschlag mit dreihundert Kronen bei den Betreuern ab, den diese für ihn einschließen. Ende des Monats kann es jedoch so eng werden, dass alles in sich zusammenstürzt. Vor ein paar Jahren sah sich die Frühschicht eines Morgens mit einem aufgebrochenen Geldschrank konfrontiert. Sämtliche Essensumschläge der Jugendlichen waren verschwunden außer Waheeds, seiner war der einzige, der noch im Schrank war. Ein dezenter Hinweis. American Night bedeutet Burger und Curly Fries. Wochenendessen, sagt das Personal dazu. Wie wäre es mal mit was anderem, zum Beispiel Hacksteak mit Ofenkartoffeln? Aber darauf hat Waheed keine Lust. Dann lässt er das Kochen lieber ganz.

Zehn Männer in voller Montur und mit Schutzschilden. Ich sehe sie vor der Tür aus dem Einsatzwagen steigen, Marie hat Lars mit der stumpfen Klinge eines Buttermessers bedroht. Der bekam es daraufhin mit der Angst zu tun und sah sich gezwungen, die Polizei zu rufen. Schnelles Handeln ist wichtig, die Anzahl von Übergriffen auf das Personal von rund um die Uhr besetzten Wohneinrichtungen steigt. Marie wird in die geschlossene Abteilung des nächstgelegenen Krankenhauses gebracht. Sie geht nicht freiwillig mit. Sie brüllt und schlägt um sich, wie so viele Male zuvor.

Mich beschäftigen vor allem die Stühle; wie sie mich und andere Personen empfangen, wie das Licht morgens auf sie fällt. Wem sie vorher gehört haben, wie sie sich in den Raum einfügen; das Bett, der Spiegel und die Lampen grüßen. Wie sie der Nacht begegnen, wie sie dem Tag begegnen und in welchem Aufzug; hellblaue dicke Baumwolle über dem Rücken, gelbe derbe Seide. Ihre stumme Anwesenheit, wenn ich wegdrifte. Ich komme einfach nicht dahinter, ob sie sich zu mir hin- oder von mir abwenden. Ich öffne das Fenster, es ist stickig drinnen, vom Luftzug werden ein paar Beipackzettel zu Boden geweht, ich setze mich auf die Kante des weichen Stuhls mit dem sonnengebleichten gelben Veloursbezug. A dream of furnitures in motion, at night. Ich werfe ständig Dinge hinaus, es ist mir egal, dass ich es später bereue. Ich bin nicht stumm, aber ich überlasse die Sprache dem Zimmer, das mich umgibt. Der abblätternden Farbe, dem glänzenden Linoleum, der Grammatik des Fußbodens. Ich hänge mir das Regal wie eine Schürze um, schlage die Tür hinter mir zu und trete auf den sanften Gang hinaus.

Am ersten Mittwoch im Monat ist Gruppentreffen für alle Bewohner des fünften Stocks. Wir versammeln uns in der Gemeinschaftsküche, Lars und Thomas haben Zimtschnecken besorgt und Kaffee gekocht, der Größenunterschied zwischen ihnen ist markant; Lars ist sehr groß und dünn mit krummem Rücken, hohen Schläfen und blondem Haar, Thomas dagegen ist kleiner und kompakter, sie teilen die Art, wie sie lachen, niemals auf unsere Kosten, aber vielleicht haben sie in einem Kurs so zu lachen gelernt. Lars und Thomas arbeiten schon lange zusammen, sie kennen sich bereits aus anderen Einrichtungen, verbreiten dieselbe sprudelnde Energie und dieselbe entschiedene Zuversicht, die zuweilen an Gnade erinnert. Waheed ist bei diesen Treffen ebenfalls dabei, denn es ist wichtig für einen Jugendlichen, mit Gleichaltrigen zusammen zu sein, und wenn man so umfassende sozialpsychiatrische Unterstützung benötigt wie er, ist man in verschiedenen institutionellen Zusammenhängen oft der Einzige unter Fünfzigjährigen. Das kann einem das Gefühl von fehlenden Möglichkeiten geben, von einem schwindelnden Horizont, Vergeblichkeit. Waheed klopft mir auf die Schulter, als ich die Gemeinschaftsküche betrete, er nickt, *was geht,* ich lächle ihm zu, hole zwei Tassen und schenke Kaffee ein, für mich und für ihn. Sara sitzt bereits am Tisch, sie war mit Lars einkaufen. Marie ist immer noch im Krankenhaus. Hector kommt rein und setzt sich ans Kopfende, Lars klopft bei Lasse, der schläft immer lang. *I would like a karaoke machine,* sagt Hector, *okay,* sagt Thomas, *ich schreibe es auf die Tagesordnung,* der Kugelschreiber klickt und fährt über das Blatt. *Das Treffen wird heute nicht lange dauern, eine halbe Stunde vielleicht,* sagt Thomas und schaut uns der Reihe nach an, Lasse zieht sich einen Stuhl heraus, setzt sich neben Hector. Es vermittelt einem das Gefühl von Sicherheit, dass die nächsten dreißig Minuten hier im Raum vergehen werden, mit genau diesen glatten Tellern, diesen harten Gläsern, diesen Formalitäten, ich brauche das so dringend. Ich kann diejenige sein, die das Protokoll schreibt, ich kann Kaffee nachkochen, bevor ich wieder in meine unvollendete Individualität entlassen werde, ich versuche, mich zu begrenzen, das weiß Thomas schon, er kennt Bedeutung und Notwendigkeit des Wochenplans. Wir besprechen die geplanten Gruppenaktivitäten, Hectors bevorstehenden einundzwanzigsten Geburtstag und wie die Karaokemaschine mit dem WG-Bus abgeholt werden könnte.

Ich wache am späten Vormittag auf, das Oberteil klebt mir am Körper, mein Nacken ist verspannt. Ich ziehe mir den Morgenmantel über und stecke den Kopf zwischen die Beine, schlage mir das Haar ums Handgelenk und binde es dann zu einem festen, aber unordentlichen Knoten zusammen. In der Küche treffe ich Thomas, er reicht mir den rechteckigen blauen Medikamentendispenser mit den sieben Fächern, ich schlucke alle Pillen aus dem dritten Fach auf einmal und spüle mit Wasser nach. Das Personal verwaltet meine Medikamente, das ist aber nicht bei allen Bewohnern so. Thomas will mir etwas sagen, ich soll zu ihm kommen, sobald ich meine Morgenzigarette geraucht habe. Ich bin schwerer, als ich mich fühle, aber nicht kleiner. Die Szenografie des Gangs ist vollkommen übertrieben, meine Schuhe bleiben am Boden kleben, der säuerlich riecht, das liegt daran, dass er gewischt worden ist. Wer hat den Weihnachtsstern auf die Kommode gestellt? Wer soll ihn bloß gießen und am Leben erhalten? Auf dem Balkon treffe ich Lasse, er ist schon lange wach, das sieht man, sein Tag hat nicht eben erst begonnen. Wenn er über den Balkon auf die Gebäude gegenüber schaut oder mit dem Blick den weißen Wolken folgt, die über den klaren blauen Himmel ziehen, kommt er mir sehr gelassen vor. Als wäre es nur eine Frage der Zeit, bis er sich selbst von ihnen unterscheiden kann. Beinahe geräuschlos steht er auf und stößt den Rauch aus, als würde er bereuen, ihn eingesogen zu haben, dann lächelt er mit zusammengekniffenen Augen. *Weißt du, wann wir etwas zu den neuen Sozialhilfebeiträgen erfahren?*, fragt er und hält die Augen ein paar Sekunden geschlossen, dann öffnet er sie wieder. *Nein, leider nicht*, antworte ich, *aber ich glaube, ich habe nächste Woche einen Termin bei Karen, da frag ich mal nach.* Er nimmt eine weitere Zigarette heraus und steckt sie sich an. *Danke*, sagt er und versinkt in der Betrachtung der brüchigen Linie zwischen dem Orange und dem Grau auf den Dächern der Häuser gegenüber.

Lasses Zimmer ist dunkel, dunkler geht es kaum, die Rollos sind vollständig heruntergelassen. Vom bläulichen Licht seines Bildschirms angestrahlt, wirkt sein Gesicht wie ein Mond, der mitten am Tag scheint, vielleicht hat dieses Gesicht nicht erkannt, dass es Tag ist. Lasse umgibt sich mit den Wänden, wie um diese erhalten zu können; als gäbe es keine Ruinen. Er steht auf, um an ein Buch heranzukommen, das auf einem Brett steht. Lasse ist dünn und zart, seine Beine sind so kurz wie die eines Zwölfjährigen. Ein knochiges Gesicht, schlaffe Wangen. Mehrere Stapel handgeschriebener Noten sind über den Boden verteilt. Er hat sie alle gehört; ein Chor von hellen Stimmen ist draußen erklungen. Die Zigarettenglut ist die kleinste Fackel. Sonnenlicht zerstört große Gedanken. Vielleicht ist es ein Decodieren der Syntax im Zimmer, vielleicht eher eine Verwüstung. So sitzt Lasse da, mit den Wänden als schweigendem Publikum.

Hectors Haar ist glatt und schwarz, es glänzt. Stolz umrahmt es sein Gesicht und fällt ihm bis über die Ohren. Der Nacken sitzt schwer auf dem kurzen Oberkörper, sein Herz ist die Wüste, riesig. Hectors Zimmertür steht fast immer offen, er gibt sich Mühe, dass man sich willkommen fühlt. Im Zimmer stehen ein schmales Bett und ein Fernseher. Hector hört oft Michael Jackson, Tears for Fears oder Linkin Park, er spürt die Musik bis in die Nerven und senkt den Kopf. Am liebsten hält er sich in den Gemeinschaftsräumen auf, genau wie Sara, oder in Gesellschaft anderer Jugendlicher. Hector spricht Englisch und Spanisch, er ist in Peru geboren und vor einigen Jahren nach Dänemark gekommen. Seit die Betreuer mit Hectors Hilfe und Engagement die Karaokeanlage über eine Kleinanzeige gefunden und abgeholt haben, ist er fast nur noch im Gemeinschaftsraum, wo die Anlage jetzt steht. Seine Stimme ist schrill und frei. In Peru wurden seine Psychosen mithilfe von Exorzismus behandelt, er hält das Mikrofon ganz fest, der andere Arm hängt kraftlos herab. Das Dorf versammelte sich und versuchte gemeinsam, das Böse aus seinem Körper zu vertreiben, als wäre es ein Parasit; den Teufel aus dem Körper eines weiteren stummen, männlichen Teenagers, eine weitere Austreibung. Hector wiegt sich langsam vor und zurück, *welcome to your liiife, there's no turning baaack,* ich höre die durchdringenden schrägen Klänge bis in die Küche. Mehrere Jahre versuchten das Dorf und die Priester und die Familie hart und erbarmungslos, das Kranke kaputt zu schlagen, das sich in Hector niedergelassen hatte, bis er und seine Mutter nach Dänemark zogen. Seine Mutter heiratete einen Deutschen, und Hector bekam Medikamente und das Zimmer hier, nachdem er ein knappes Jahr in der Psychiatrischen Abteilung des Bispebjerg-Krankenhauses verbracht hatte. *Everybody wants to rule the wooooorld,* er geht vollkommen in der Karaokeanlage auf, ich glaube, man kann ihn bis auf die Straße hören.

Ich fahre mit dem Aufzug in den dritten Stock hinunter. Der lange Gang hält ein Versprechen für mich bereit. Teppichboden unter meinen Hausschuhen, sanfter Widerstand. Ich kann weitergehen. Eine Birne zittert oder plappert drauflos, beleuchtet mit kurzen Unterbrechungen Teile des Gangs. Aus einem der Zimmer ist Stimmengemurmel von einem Fernseher zu hören, ein Lachen. In den meisten Zimmern aber ist es still, der Kühlschrank brummt sanft, ich halte mich am Leben. Draußen ist es Nachmittag, denn die Sonne scheint noch immer matt. Ich ziehe am Griff der Tür rechts am Ende des Gangs, trete auf den kalten Absatz der Feuertreppe.

Jemand hat den Flachbildfernseher aus dem dritten Stock geklaut. Man hat eine Ahnung, wer, obwohl die drei fraglichen Personen Sturmhauben getragen haben, das kann man auf den Filmen der Überwachungskameras sehen. Darauf sieht man aber auch, wie sie die Hauben abnehmen, sobald sie draußen sind, die Kameras am Hinterausgang haben es aufgezeichnet. Man versucht, vor Ort eine Lösung zu finden, versucht, das Ganze herunterzuspielen. Es ist wichtig, den Vorfall ernst zu nehmen, aber ebenso wichtig, dass die Jugendlichen spüren, dass man auf ihrer Seite ist. Es kann ernste Konsequenzen haben, wenn es zu einer Zwangseinweisung kommt. Man möchte die Jugendlichen lieber hierbehalten.

Wahrscheinlich liegt es an den Stiefeln, dass ich fast immer weiß, wo Kian sich gerade befindet; wahrscheinlich liegt es an der Geräuschabfolge, die sie verursachen. Das dumpfe Auftreten, eine Leichtigkeit im Anheben, ein gewisser Überschwang im Abrollen, nicht das typische Schlurfen, nicht der Gang eines Kranken. Ein Aufrechterhalten vielleicht, ein Vertrauen. Kian wohnt am längsten von allen Jugendlichen hier, jemand hat gesagt, im Oktober werden es zehn Jahre, das müssen wir feiern. Er wohnt in einer Zweizimmerwohnung des dritten Stocks, mit nachtblauen Wänden und ausgefransten Verdunkelungsvorhängen. Jeden zweiten Tag arbeitet er in einer Werkstatt etwas weiter die Straße hinunter, kleine Zimmermannsarbeiten und Fahrradreparaturen; nachts wandern seine Stiefel.

Wenn man nicht schlafen kann, ist es manchmal besser, aufzustehen und ein bisschen herumzulaufen, statt im Bett liegen zu bleiben. Es ist bereits der dritte Tag ohne Schlaf, die letzte Chance, bevor sie mich einweisen müssen. Ich stehe auf und ziehe mir dunkelrote Leggings, ein Baumwoll-T-Shirt sowie einen beigefarbenen Sweater an. Dann stecke ich Zigaretten, Handy und Schlüsselkarte ein. Mit einem metallischen Geschmack im Mund schließe ich die Tür hinter mir, ich weiß, dass der Schlaf irgendwann kommen wird, deswegen mache ich mir keine Sorgen, sondern eher, weil ich nicht weiß, welche Auswirkungen die neuen Symptome möglicherweise auf meine Therapie insgesamt haben werden. Mir wird immer gesagt, es sei gefährlich, so lange nicht zu schlafen; vier Tage seien das Maximum, danach gilt man als Notfall. Mit dem Essen ist es dasselbe, ich weiß nicht, wieso die Grenze immer bei vier Tagen liegt, vielleicht ist es ähnlich wie mit der Wettervorhersage: Danach beginnt sie, unzuverlässig zu werden. Ich habe den Aufzug fast erreicht, hier ist alles still. Waheed ist heute nicht zu Hause, vielleicht ist er ausgegangen. In mir regt sich etwas Unkontrollierbares, es steigt von den Waden auf, als hätte jemand Kohlensäure in mich hineingegossen wie in eine Flasche, als hätte ich Eisklumpen statt Knochen, die Mitarbeiter können mich nicht hierbehalten, wenn ich mich nicht an unsere Absprachen halte. Sie haben mir großes Vertrauen gezeigt, als sie mich nach dem Vorfall mit dem offenen Fenster und der Polizei nicht haben einweisen lassen; es war eine Erleichterung und gleichzeitig schwer, nicht zu springen, ich bin in Thomas' Armen zusammengebrochen, und es war ein Versprechen; ich habe geflucht und geweint wie ein verzweifelter Vater, ich habe versprochen, es nie wieder zu tun, wenn sie mir versprechen, mich nicht einzuweisen. Es ist still im Haus, im Gemeinschaftsraum sitzen nur der alte Steen auf dem Sofa und daneben im Rollstuhl Hanne, so sitzen sie immer. Sie sagen nichts, grüßen aber, als ich vorbeigehe, Hanne nickt, Steen blickt von seiner Kaffeetasse auf. Ich klopfe beim Nachtdienst an die offene Tür, Mark dreht sich auf dem Bürostuhl zu mir um und lächelt, *Hej!*. Er scheint sich immer zu freuen, wenn er mich sieht, ich mag das; als wären wir einfach nur Freunde.

Es ist Nachmittag, und Waheed hört The Game, ich also auch. Das Rollo weht hin und her, das Wetter schlägt um. Ich lehne mich im Sitzen an die Wand und spüre deren Berührung. Mit dem Rücken halte ich dagegen, aber die Wand will mich vollkommen in sich aufnehmen, als wäre ich nichts als eine gewöhnliche Reißzwecke.

Wir erfassen sofort, welche Diagnosen die Leute haben, noch bevor sie etwas darüber sagen: Alle Jungs haben Schizotypie oder sind schizophren, alle Mädchen sind Borderliner oder haben eine Zwangsstörung. Essstörungen erkennt man ohnehin sofort. Die Grammatik des Kranken ist das Geschlecht, gleichzeitig ist es eine Frage des Geldes; des Heilbaren und des Chronischen, der Sätze und Zusatzleistungen, der Diagnosen und Beiträge. Sozialhilfezuschüsse, Frührente, Behindertenzuschlag. Der Fatalismus der Psychiatrie. Unsere müden Stimmen. Wir bereiten Sushi für Hectors Geburtstag vor. Ich hacke Gurke und Avocado. Lasse rollt mit Hector Reis. Es dauert zu lange, das wissen wir auf unsere Art genau. In der Zwischenzeit hören wir Michael Jackson. Der rechteckige Tisch in der Gemeinschaftsküche. Mächtige Herzen, freie Hände.

Für das Wohnheim gibt es eine lange Warteliste, vor allem für die Jugendabteilung, es können Jahre vergehen, bis ein Platz frei wird, und dann ist es für viele bereits zu spät. Ich musste ein knappes Jahr warten, bis ich einen Platz bekam, vielleicht wurde ich vorgezogen, weil es mir zu schlecht ging, um woanders als in einem Krankenhaus zu leben, vielleicht lag es aber auch an meinem Alter. Während ich auf eine Einraumwohnung wartete, richtete ich mich, so gut ich konnte, im Zimmer auf der offenen Station für Erwachsene ein, aber auch in dieser Zeit musste ich vorübergehend in die Geschlossene, und als ich wieder auf meine alte Station zurückkehrte, hatte jemand anderes mein Zimmer bekommen. Nach zehn Monaten im selben Krankenhaus musste ich also wieder von vorne beginnen. Man sollte nie versuchen, die Klinik zu einem Zuhause zu machen, dafür ist sie einfach nicht gedacht, aber man muss wenigstens versuchen, es sich erträglich zu machen. Ich betrachtete sie als Hotel; nicht weil der Aufenthalt dort etwas von Urlaub hatte, sondern weil ein Hotel eine andere Art von Ruhe ausstrahlt als ein Zuhause. Ein Hotel kann, wenn schon nichts anderes, das Zeitgefühl aufheben, dasselbe gilt für die Klinik. Als ich also mein neues Zimmer auf der offenen Station zugewiesen bekam (es sollte mein letztes im Krankenhaus sein, aber das wusste ich da natürlich noch nicht), hängte ich keine Bilder auf. Ich ließ die Wände blau-weiß und aggressiv glänzen und zog mir den blau-weißen Klinikbademantel an. Ich kaufte mir ein Paar Hausschuhe und trug in den letzten Wochen dort keine andere Kleidung mehr als die vom Krankenhaus gestellte. Es war eine Art Selbstschutz, ich versuchte, damit Abstand zwischen mir und der Station zu schaffen, auch wenn es auf den ersten Blick vielleicht wie das Gegenteil aussah. Als ich den Platz im Wohnheim bekam und anfing, meinen Umzug zu planen, machte mir das Angst. Ich hatte Angst davor, mich ohne Rüstung draußen zu bewegen. Ich finde, ich habe ein gutes Zimmer. Aber die Zimmer auf der Fünf sind auch nur etwas Befristetes, wir können nicht für immer hierbleiben, höchstens vier Jahre. Ein Übungszuhause, könnte man es nennen.

Manchmal wache ich auf und weiß, dass das, was geschehen wird, keinen Namen hat.

Ich wünsche mir, einfach nur schlafen zu können, ohne zu träumen, sage ich zu Helle, sie nickt schweigend. Das Gespräch mit der Psychiaterin findet in Thomas' Büro statt, er ist heute nicht auf der Arbeit. *Weil es dir schwerfällt, dich beim Aufwachen von den Träumen loszureißen?*, fragt Helle dann und reibt eines ihrer Brillengläser blank, bei dem anderen genügt Reiben nicht, da bräuchte es andere Mittel. *Ja, vielleicht*, antworte ich. *Oder weil ich in den Träumen keine Ruhe finde und deshalb auch nicht im Schlaf.* Sonnenflecken bilden sich auf dem Tisch, ich habe Lendenschmerzen wie fast alle hier, eine Folge der raschen Gewichtszunahme, eine bekannte Nebenwirkung fast aller Psychopharmaka. *Ich weiß, dass wir darüber gesprochen haben, das Flunitrazepam langsam abzusetzen, aber ich habe Angst, dass ich noch nicht so weit bin, um mit den Konsequenzen klarzukommen*, sage ich. Und müsste nicht gerade ich nach so langer medikamentöser Behandlung den Unterschied zwischen Symptomen und Nebenwirkungen erkennen können, die Folgen jahrelanger medizinischer Behandlung – mein Körper in ewiger Transformation? Das System kennt seine Fehler, ich weiß nicht, was ich erwartet habe. *Ich fürchte, es gibt keinen anderen Weg. Was das*

Medikament bewirken soll, schlägt jetzt ins Gegenteil um. Wir können deine Dosis nicht erhöhen. Es würde dir nicht helfen, sagt Helle.

Am Nachmittag scheint die Sonne, und die Straße riecht verbrannt, es ist Sommer. Auf meinem Teller habe ich mir verschiedene Weiß- und Grüntöne zusammengestellt, ich sitze mit dem Rücken zum Gebäude neben Thomas. Heute ist Sommerfest für das ganze Haus, die Jugendwohngruppe hat einen Tisch auf der Terrasse bekommen, außer Marie sind alle da, das Küchenpersonal hat den Grill angezündet und Salate vorbereitet, im Radio läuft 100 FM in voller Lautstärke. Ich weiß nicht, wo Marie ist, wir stoßen mit Fanta an, Lasse nickt mit erhobenem Glas. Vielleicht ist Marie bei Kian im zweiten Stock, draußen ist sie jedenfalls nicht. Sie wandert täglich durch alle Stockwerke, hat überall im Haus Kontakte, alle, die Party machen und gerne trinken, alle, die nicht langweilig sind, sind ihre Freunde. Vielleicht ist sie auch mit den Leuten aus dem ersten Stock zusammen, wo ihre Mutter wohnt. Schon oft habe ich mir die erste Begegnung zwischen Marie und ihrer Mutter vorgestellt, nachdem sie sich zwölf Jahre nicht gesehen hatten: Marie zieht als Achtzehnjährige zum ersten Mal in eine Wohnung für Erwachsene, davor hat sie den Großteil ihrer Jugend in diversen Tageseinrichtungen für schwer erziehbare und psychisch kranke

Jugendliche verbracht. Ihre Pflegefamilie hat sich überfordert und ausgebrannt gefühlt, ohnmächtig vielleicht, und musste Marie in sicherere Hände abgeben, in festere Strukturen und weichere Zusammenhänge, so die Hoffnung. Marie zieht in dieses Wohnheim, weil sie in Kopenhagen sein will, sie langweilt sich in Ringsted, in Fårevejle, in Slagelse, sie hat genug von Tankstellenbesäufnissen, genug von kalten Nächten auf dem Feld. Aber wieso haben ihr die Sozialberaterin, der Bezugsbetreuer, die Mentorin und der Psychiater nicht gesagt, dass ihre Mutter, die sie seit ihrem sechsten Lebensjahr nicht gesehen hat, in derselben sicheren, aber strengen Einrichtung untergebracht ist wie sie? Wieso hat niemand ihrer Mutter gesagt, dass die Tochter, die sie notgedrungen einem System übergeben musste, das einen sichereren Rahmen für ihr Aufwachsen versprach, vier Stockwerke über ihrer eigenen permanenten Wohnung eingezogen ist? Wieso wissen weder der Sozialberater, die Mentorin, der Bezugsbetreuer oder die Betreuerin, dass sie eine Begegnung herbeigeführt haben, die herbeizuführen ihnen nicht zustand? Wieso weiß niemand, dass die Mutter dauerhaft in einer der Wohnungen im ersten Stock untergebracht ist? Wieso fragt niemand nach der Grenze, die zwischen Trauma und Therapie verläuft? Wieso fragt niemand nach dem Zusammenhang zwischen Zwang und Gehorsam? Wieso fragt niemand nach dem Zusammenhang zwischen Unterwerfung und Unterstützung? Wieso fragt niemand nach dem Zusammenhang zwischen Fürsorge und Übergriffigkeit?

Wieso fragt niemand nach dem Zusammenhang zwischen Kapitulation und Auslöschung? Ich habe mir die Begegnung zwischen Marie und ihrer Mutter oft vorgestellt; als stünde es mir zu, sie mir vorzustellen.

Und dann kommt der Regen; wie Beifall, ekstatisch. Wer nicht unterm Pavillon sitzt, muss sich seinen Pappteller schnappen und geduckt in den Gemeinschaftsraum rennen. Wer dagegen wie ich unter der Plane sitzt, kann getrost sitzen bleiben. Das Küchenpersonal versucht, das stehengelassene Essen zu retten, ein kleiner Teller leicht verkohlter, harter Würstchen wird jedoch übersehen und ist anschließend vollkommen durchweicht. Wir atmen erleichtert auf, wir am Tisch der Jugendwohngruppe, wir sind der Rest vom Grillfest, der zusammen mit den Ritualen der Feier weggespült wird, als gäbe es keine Erwartungen mehr zu erfüllen. Wir essen schweigend, Lasse, Sara, Hector, Waheed und ich, der Asphalt dampft vor Erleichterung.

Ich bin in meine Einzelteile zerfallen, wir versuchen, mich zusammenzukehren, doch wenn Türen sich öffnen, wirbelt der Wind Staub auf. Ich muss mich immer noch daran gewöhnen, in einem Zimmer zu wohnen, das man von innen abschließen kann, es beruhigt mich, dass das Personal dennoch einen Schlüssel für alle Türen hat. Draußen auf dem Gang höre ich Thomas' Schlüssel rasseln und sein leises, aber nicht naives Pfeifen, ich habe nicht nach ihm geklingelt, ich glaube, er würde trotzdem gern einfach mal nach mir sehen. Heute habe ich keine Lust auf ein Gespräch, er klopft, aber ich antworte nicht, niemand soll versuchen, eine Rettungsaktion vorzuschützen. Er geht wieder. Ich habe in Schachteln und Schubladen ein paar Rasierklingen liegen, die ich mir bei einem Eisenhändler gekauft habe, es ist schwierig, Einmalrasierer auseinanderzunehmen, und meist sind deren Klingen auch ganz stumpf. Ich habe beschlossen, nicht mehr zu reden; was soll ich mit meiner Stimme, der feste Stoff meiner Baumwollbluse färbt sich rot vom dicken, klumpigen Blut, das mit Verzögerung aus meinem Arm rinnt, nachdem ich einen raschen, aber tiefen Schnitt gesetzt habe. Als Thomas, nachdem ich den Alarm gedrückt habe, hereinkommt, sage ich immer noch nichts. Er sieht mich an: enttäuscht, erschrocken, ich kenne diesen Blick, es ist derselbe, den der Arzt auf der Traumastation einem weiteren Patienten mit Selbstverletzungen zuwirft, der ihm die Zeit für die wirklich Verwundeten, die echten Kranken stiehlt, für Verkehrsunfallopfer und Brandverletzte. *Wir brauchen nicht auf die Krankenstation zu gehen,* sagt Thomas, aber das weiß ich schon, ich sorge eigentlich immer dafür, dass die Schnitte nicht so tief sind, dass sie genäht werden müssten, ich will nicht wieder ins Krankenhaus. *Wir kriegen das mit Pflaster und Verbandszeug hin,* ich vergesse beinahe auch noch zu atmen, aber dann fällt es mir wieder ein; Thomas' ruhiger Atem, der auch Teil meines eigenen ist.

Auf der Terrasse im Erdgeschoss treffe ich Lasse, wir trinken beide Café Crème, *kannst du auch nicht schlafen?*, frage ich. Weil es eine so laue Sommernacht ist, haben wir es nicht eilig, wieder reinzugehen, nachdem unsere Zigaretten aufgeraucht sind, die Terrasse geht direkt auf die Straße hinaus, wir sind die Einzigen, die noch wach und auf der Straße zu sehen sind. *Nein,* sagt er, den Rücken gebeugt und die Fersen vom Boden gelöst, als wäre er bereit, sofort loszusprinten. Wir grinsen einvernehmlich und etwas nachsichtig über Carsten aus dem zweiten Stock, der die Angewohnheit hat, sich, sobald er ein Zimmer betritt, ein paarmal um sich selbst zu drehen, oft zieht er sich dabei auch die Hose aus, diesmal begnügt er sich mit dem Drehen. Wir schauen uns an, als würden wir uns von ihm unterscheiden; die Traurigkeit verbindet uns zu einem losen Wir, und wir zünden uns eine weitere Zigarette an. Carsten geht von alleine wieder rein, jemand vom Nachtdienst öffnet ihm mit seiner Schlüsselkarte von innen die Tür. *Mir ist ein bisschen schlecht, wahrscheinlich von den Spareribs, die Hector heute gemacht hat,* sagt Lasse, während er die Unebenheiten der Ziegelsteine betrachtet, seine Hand in meiner Hand, ich sage nichts.

Heute wollen Waheed, Thomas und ich zu Netto, um für das Abendbrot heute und morgen einzukaufen. Waheed soll mit, weil die Mitarbeiter versuchen, ihm eine gesündere, bessere und nachhaltigere Lebensweise beizubringen, er lebt von Joints und Heißen Tassen, zwischendurch auch mal Tiefkühlpizza, die er sich im Ofen wärmt, aber nichts, das Vorbereitung, Zeit, Planung, Mühe erfordert; wenn Waheed morgens aufgestanden ist, sind seine Energie und Geduld so gut wie aufgebraucht, und wir müssen ihm helfen. Und ich? Ich mag es nicht rauszugehen. Das letzte Mal, als ich bei Netto war, fehlten mir an der Kasse fünfhundertachtundsechzig Kronen, ich hatte für etwa tausend Kronen eingekauft, das Budget lag aber bei maximal vierhundert, und mit dem Essensplan der Fünf als eher vagem Popsong im Kopf, den ungeduldigen Blicken der hinter mir in der Schlange stehenden Kunden im Nacken und dem jungen, hübschen Kassierer vor mir, der die Schultern locker zurückfallen ließ, während seine Hände in einer nach innen gerichteten Bewegung auf dem Stornierknopf der Kasse gefroren, fand ich mich plötzlich mit einer Packung Windbeutel und zwei Litern Vollmilch draußen wieder, die ich etwas verblüfft, aber stolz nach

Hause und in den fünften Stock hinauftrug. Anschließend schlief ich mehrere Stunden, und Thomas und ich einigten uns darauf, dass es angenehmer und auch zielführender wäre, wenn wir so eine Tour das nächste Mal zusammen machen würden.

Thomas, Waheed und ich nehmen den Aufzug ins Erdgeschoss, Thomas hält mit der linken Hand den Einkaufstrolley fest, Waheed hat keine Jacke an, ich würde der Welt heute gern mit einem anderen Gesicht begegnen als mit meinem, ich ziehe mir die Kapuze hoch und binde den Schal fester; die Enden flattern nervös, meine Handknöchel treten schützend hervor. Die Tür öffnet sich. Ich weiß nicht, ob ich einfach aus meinem Zimmer gleiten kann, ob die anderen es mir ansehen. Ich denke an Janet Frame, und ich begreife alles: *The grey crater of the long-dead mad lies empty enough to be filled with many truths together.*

Hector hat sich draußen neben den Teichen aufgestellt, wie mitten in der Bewegung erstarrt, fast vollkommen still, und nimmt über Stunden verschiedene Positionen ein, stumme Andeutungen. Er verlagert das Gewicht von einem Bein aufs andere, eine sanfte Dominanz des Kieses, eine leichte Verschiebung der Steine, eine aufrechte Bewegung in Solidarität mit dem emporstrebenden Baum. Die linke Hand grüßt den Himmel, so, gleichzeitig summt er leise, so; so kann er ewig stehen, wie es scheint, er kommt zu uns nach Hause und isst mit uns zu Mittag.

Um fünf beschließe ich, dass es für mich Morgen genug ist. Ich hebe den Vorhang an und blicke hinaus, die Luft ist bläulich. Bald hat der Nachtdienst Feierabend, und die Tagschicht übernimmt. Thomas und ich sind um zehn verabredet, wir wollen gemäß der Strategie, die wir uns für mich überlegt haben, meine Fortbewegungsmöglichkeiten ausbauen, aber Thomas hasst Busfahren, alle Männer mit festem Job, die ich kenne und die über dreißig sind, behaupten von sich, dass sie es hassen; sie hassen die erzwungene Intimität von Bussen sowie die damit verbundenen Gerüche, deshalb werden wir stattdessen mit dem Rad fahren. Ich weiß, dass ich mich nicht zu sehr an Menschen binden soll, die mich betreuen, an die Angestellten, die Gehaltsempfänger, an die, die wie ich, aber auf andere Weise, von Kürzungen, Umstrukturierungen, Renovierungen betroffen sind. Ich weiß, dass ich mich nicht zu sehr an die Beziehungen gewöhnen darf, die nur dank meiner Fähigkeit, intime Geheimnisse zu teilen, funktionieren. Ich weiß, dass ich mich nicht mit all den Menschen verbinden darf, die man niemals fragen soll, wie es denn so läuft mit der Familie, der neuen Liebe, den Geburtstagen der Kinder sowie dem Schwimmen am Dienstag, die gelernt haben, sich im Umgang mit psychiatrischen Patienten zurückzuhalten, uns hingegen diese Selbstschutzmaßnahme im Umgang mit dem Behandlungssystem nicht beigebracht haben. Am fahlen Licht, das durch den Vorhang dringt, kann ich erkennen, dass es ein milder, warmer Tag werden wird. An den Wänden kann ich erkennen, dass sie vor mir zurückweichen, dennoch hüllen sie mich ein. Als ich das Fenster öffne, strömt kühle Nachtluft herein wie die Ankündigung einer Revolte. Ich habe noch zwei Tassen, alle anderen zerbreche ich, jede Woche, alleine, mit beiden Händen. Ich schalte den Wasserkocher ein und gebe in eine von ihnen Nescafé. In die andere roten Fruchtjoghurt, nicht weil ich Hunger hätte, sondern weil unsere täglichen Rituale die beste Illusion eines Neuanfangs, eines neu beginnenden Zyklus sind. Als ob ich auf dieser kaputten Welt und diesen inneren Ruinen aufbauen könnte, als hätte ich die Kraft dazu. Erst Kaffee und Zigarette, dann Joghurt. Um halb sechs schalte ich den Fernseher ein.

Wir entkommen unseren Dämonen nicht, selbst wenn unsere Diagnose nicht chronisch ist. Hat man das Gefühl, mehr als eine Depression gehabt zu haben, werden depressive Tendenzen diagnostiziert, das ist dann im Prinzip chronisch. Dennoch ist es absolut entscheidend, welchem Typ man im Therapieverlauf zugeordnet wird, und das aus diversen Gründen. Manche Diagnosen führen zu mehr Sozialhilfe, denn einige psychische Erkrankungen werden als größere Einschränkung betrachtet, wenn es um die Arbeitsfähigkeit geht, als andere. Das betrifft etwa Erkrankungen wie Schizophrenie oder Schizotypie, Borderline- und bipolare Störungen, vielleicht auch noch weitere, ich habe es vergessen. Bei einer Essstörung dagegen bekommt man keine höheren Sozialhilfebeiträge. Es fühlte sich immer so beschämend an, auf dem Rückweg vom täglichen Einkauf mit der eigenen Bipolar- und Borderline-Diagnose sowie den daraus resultierenden höheren Beträgen an Ellens Teenagerzimmer und ihrem Rollstuhl vorbeizugehen; an ihrem Leben, das zu dem Zeitpunkt davon abhing, so wenig Energie wie möglich zu verbrauchen, sich am besten gar nicht zu bewegen. Kurz darauf wurde sie in eine andere Einrichtung verlegt, wo man besser auf Essstörungen und -gewohnheiten spezialisiert war. Als bräuchten Essgestörte immer eine eigene Station, auch im Krankenhaus war das so. Wir erkannten sie sofort; Die-aus-dem-Trakt-für-verrückte-Kinder. In der allgemeinen Kinder- und Jugendabteilung des Krankenhauses dagegen waren die Diagnosen gemischter. Es genügte, dass wir Jugendliche waren, das war uns allen gemeinsam, fast wie jetzt. Die Dämonen sind uns gemeinsam, ob chronisch oder nicht.

Saras Blick ist stumpf und abwesend, ihre Haare lang und verfilzt. Wir sitzen nebeneinander auf dem Sofa in der Gemeinschaftsküche, sie versucht, so wenig Platz wie möglich einzunehmen, nicht weil ich so viel bräuchte, ich glaube, es ist eher Gewohnheit. Sie hat das linke Bein über das rechte geschlagen, gekrümmter Rücken, vorgereckter Hals, ihr Bauch ein wenig schlaff, eine Art endgültige Kapitulation. Unentschlossen zappt sie durch das Freitagsprogramm, ich schaue gar nicht mehr auf den Fernseher, sondern nur noch auf Saras Hände, die sich liebevoll um die Fernbedienung geschlossen haben. Jetzt hält sie inne, ihr Daumen sinkt zu den anderen Fingern hinab, *hast du das schon mal geguckt?*, fragt sie. Ja, *Girl, Interrupted* habe ich bereits gesehen; diesen Film über eine aggressive und gleichzeitig fürsorgliche Freundschaft zwischen Angelina Jolie und Winona Ryder, über schöne Kranke, Brittany Murphys dickes Haar und ihre glatte Haut. *Als hätte man als Bulimikerin so saubere Zähne,* sagt Sara, als Daisy mit einem ganzen Grillhähnchen und einem Stofftier voller Valium zu sehen ist, sie sitzt im Bett, ihr Pullover ist babyblau und flauschig. Ich stehe auf und ziehe die Vorhänge zur Hälfte zu, sodass der Sonnenstreifen neben mir verschwindet.

Susanna ist die Hauptfigur des Films, sie wird eingeliefert, weil sie promisk und außer Kontrolle geraten ist, viel zu leichtfertig hat sie ihren Körper an einen Lehrer ihrer langweiligen, kleinbürgerlichen Highschool verschenkt. Als sie dann auch noch eine ganze Packung Kopfschmerztabletten nimmt, ist das Maß voll. *Pychiatry and economics are different, the length of Susanna's stay isn't fixed,* erklärt der Psychiater Susannas Eltern und wirkt dabei ruhig und entspannt in seinem weichen braunen Anzug. Sara greift mit den Fingerspitzen nach einem Kissen und schiebt es sich in den Nacken. Susanna ist Borderliner so wie Sara und ich, aber wozwischen eigentlich, könnte man sich bei ihr fragen. *It's not uncommon, especially among young women,* jetzt liefert der Psychiater den weinenden Eltern die Diagnose, die eher wie ein Urteil, eine Strafe erscheint. *Girl, Interrupted* war der beliebteste Freitagsfilm in der Kinder- und Jugendpsychiatrie, mir kommt es vor, als hätten wir dort nichts anderes geguckt. Wenn ich Susanna in der Badewanne sehe, denke ich an die vierzehnjährige Jamie, an Martha, die schon ewig in der Klinik war, wir identifizierten uns mit Susanna, Lisa, Daisy, wir hatten unsere Favoritinnen, wir rauchten Kette, zehn Meter entfernt voneinander, so waren die Regeln in der Jugendpsychiatrie, wenn wir Ausgang hatten, klauten wir G-Strings bei H&M, wir bearbeiteten unsere Füße mit stumpfen Hornhautfeilen, wurden abends von den jungen Pflegern in unseren jeweiligen Zimmern mit Therapiedecken zugedeckt, wir weinten uns an manchen Tagen in den Schlaf, an anderen Tagen trugen wir die gleichen Verbände. *What kind of world is this,* fragt die Stationsschwester in einer Szene die von türkisen Kacheln umgebene Susanna, *what kingdom?* Sara zieht das linke Bein bis zum Kinn hoch, ihre Augenbrauen treffen sich, sie wirkt konzentriert, eine Strähne hat sich aus ihrem Dutt gelöst und fällt ihr ins Gesicht. *Meine Lieblingsszene ist, wenn sie aus der Anstalt abhauen,* sie reißt sich mit den Zähnen einen Hautfetzen von der Unterlippe. *Wenn es nach mir ginge, würde der Film dort enden.*

§
Eindämmung

Etwas Blaues hängt über dem Stuhl, das Licht rahmt ein loses Ende ein, das Blau streckt sich mir entgegen, ein offener Heiligenschein, eine schlichte Umarmung. Ein paar Glasscherben auf dem Boden. Eine feuchte Plastiktüte, darum ein Gürtel; ein Versuch, die Überlebensreflexe des Körpers zu überlisten. Nicht viel Blut, ein wenig Erbrochenes in einer geblümten Schüssel. Die Wand an meinem nackten Rücken fühlt sich kühl an, sie ist rau und hart, das Abblättern der weißen Farbe gleicht einem Angriff. So haben wir lange schweigend dagesessen, Thomas und ich. Eigentlich ist er heute gar nicht im Dienst, aber er ist trotzdem gekommen, man könnte es eine Art Notsituation nennen. Nach einem Vorfall fällt es mir immer schwer, mich selbst außerhalb des Zimmers wiederzuerkennen. Thomas steht auf, es geht schnell, als wäre es ihm möglich, wie eine Art Materie aus seinem Körper herauszutreten, mir das Wasserglas zu holen und dann wieder in seinen Körper zurückzukehren, kühler jetzt als zuvor. Ich trinke einen Schluck und gebe ihm das Glas zurück, Thomas stellt es neben sich auf den Boden. Als er die Luft einzieht, fiept sein linkes Nasenloch leise, sein Atem hat sich beruhigt, der Brustkorb hebt und senkt sich wieder langsamer.

Thomas' Klamotten sind voller weißer und schwarzer Farbflecke, ich schäme mich plötzlich zutiefst; er hätte sein Wohnzimmer streichen können, es hätte längst fertig sein können. Er hätte seinen freien Tag genießen können, aber ich habe keine Ahnung, wie.

Es ist wichtig, dass die Jugendlichen hier gesund genug sind, um außerhalb eines Krankenhauses zurechtzukommen. Das bedeutet nicht, dass sie nicht auch mal eingewiesen werden könnten, zwischendurch, in besonderen Fällen und für kurze Dauer, doch für den Therapieverlauf der Jugendlichen auf der Fünf insgesamt ist es von absolut zentraler Bedeutung, dass sie nicht allzu lange von ihren Betreuern und Alltagsroutinen getrennt sind. Daran denken wir in letzter Zeit öfter, seit Lasse dreimal innerhalb von nur wenigen Wochen eingeliefert werden musste, wir denken daran und wissen genau, dass wir alle dasselbe denken, aber wir reden nicht darüber.

Lasse kommt mit Lars vom Einkaufen, ich sitze in der Sonne und beobachte sie. Lasse ist erst seit heute wieder in der WG zurück, man sieht es ihm an Händen und Augen an; sie wirken stumpf, nervös und matt. Langsam räumt er den Trolley aus und legt alles, was er für das Abendessen braucht, auf den Tisch, den Rest verstaut er in den Vorratsschränken und im Kühlschrank, es soll vegetarische Frikadellen mit Couscous-Salat geben, das hat nicht er entschieden, aber ich glaube, es macht ihm nichts aus. Von meinem Platz in der Sonne aus sehe ich Lasse eine große Zwiebel hacken, mit Schale und allem, es scheint schwierig zu sein, sie ganz fein zu bekommen, so wie es im Rezept steht. Lars ertappt ihn, und Lasse muss noch einmal fast von vorne beginnen, die hellbraunen Schalen aus dem Rest herausklauben, das kann dauern, auch so kann Ineffektivität aussehen, auch so kann man einen stummen Kampf austragen. Als er das Öl in der Pfanne erhitzt, bemerke ich, dass seine Hände nicht mehr unter dem Einfluss der Medikamente stehen, das freie Spiel der Nerven, dieses unkontrollierbare Zittern, das ich so gut kenne, es ist nicht einfach, mit solchen Händen zu kochen, es ist nicht einfach; *die Vergangenheit ist nichts als Licht*, steht auf einer Postkarte über Lasses Bett, es ist sein einziger Wandschmuck, und als die gehackte Zwiebel in die Pfanne gleitet, zischt das Öl.

An meine erste Einweisung kann ich mich nicht erinnern, aber ich erinnere mich an mein erstes Bett in der Notaufnahme des Bispebjerg-Krankenhauses. Das Licht im Eingangsbereich war scharf, grell, auf der Station selbst aber wurde es um elf ausgeschaltet, dort war es überraschend still. Ein Patient wurde zum Rauchen nach draußen begleitet, das muss gegen halb zwei gewesen sein. Man hatte mir das Bett hergerichtet und einen Wandschirm davorgestellt, um ein bisschen Privatsphäre zu schaffen. Der Nachtdienst kam mit einem Glas Wasser und deckte mir die Arme gut zu. Aschblauer Stoff, der alles andere als klinisch roch. Irgendwo lief ganz leise ein Radio. Eine Sitzwache an meinem Fußende. Ich fühlte mich sicher, ich hatte keine Macht. Jemand schrie. Wenn ich mich von der Wand wegdrehte, konnte ich durchs Fenster, das vom Boden bis zur Decke reichte, auf die Rasenfläche draußen schauen. Ein Weihnachtsbaum, es war gar nicht Winter. Ein platter Fußball. Gelbliches Gras, ein paar Gartenstühle in verschiedenen Formationen.

Warum trinkt hier kein Einziger von uns Pflaumensaft? Ganz gewiss liegt es nicht daran, dass wir so weichen und problemlosen Stuhlgang hätten, im Gegenteil, meist ist er störrisch wie ein ungezogenes Kind. Im Krankenhaus gab es in meiner Erinnerung kaum etwas anderes zu trinken. Wir tranken Pflaumensaft und lauwarmen Kaffee abwechselnd, uns ging es dadurch weder besser noch schlechter, es war, als würden die Therapie und die Krankenhausroutinen einander aufheben. In der WG ist vieles ähnlich wie im Krankenhaus; die Medikamente sind dieselben, die Gruppentreffen sind dieselben, viele der Abendaktivitäten sind ähnlich oder sogar identisch. Dennoch wundert mich, dass keiner von uns einem der anderen je in einem Krankenhaus begegnet ist. Wo waren die anderen, bevor ihre Möbel und ihr Bett hierhergebracht wurden und sie hinter verschlossener Tür endlich aufatmen konnten? Nicht im Krankenhaus, zumindest nicht im selben wie ich. Die Menschen, die ich dort getroffen habe, waren wie Gespenster, und das in mehrerer Hinsicht: Sie waren Gespenster, weil sie Wiedergänger waren; man wusste nie, wann, aber sie kamen wieder. Außerdem traf man sie niemals außerhalb der Klinik. Es war, als existierten wir nur dort, füreinander, außerhalb der Stationen dagegen gab es uns für ein paar andere. Ganz selten einmal treffe ich die Gespenster, als würde die Grenze zwischen den Welten plötzlich aufgehoben. Man steht jeweils mit seinem peinlichen Einkaufswagen im Netto und versucht, dem anderen mit dem Blick auszuweichen, am Ende muss man sich aber doch zu erkennen geben, um zumindest vor sich selbst den Anschein eines sozial funktionierenden, normalen Mitbürgers aufrechtzuerhalten, und zum Beispiel sagen: *Lange nicht gesehen, wie geht es dir?* Und fast immer wird man dann durchschaut, und immer ist man überrascht, denn oft beginnt man selbst, daran zu zweifeln, dass es die Krankenhausjahre überhaupt gegeben hat, dass sie passiert sind und man sie nicht nur erfunden hat. Und man sieht einander an und weiß, dass man die Möglichkeit der Ruhe eines ganzen Tages in den Händen hält, also geht man schnell weiter, reiht sich womöglich hintereinander in der Schlange ein und tut, als wäre nichts. Als wäre es das Allernatürlichste, an einem gewöhnlichen Alltag einkaufen zu gehen; als stünde da nicht jemand in der Schlange, der nicht sofort die leuchtende Transparenz zweier Gespenster und deren Theateraufführung einer Einkaufstour erkennen könnte.

Das Schöne an Hectors Stimme ist, dass er sie an eine Außenwelt richtet, die auch ihm gehört. Auf sämtlichen Gängen des Hauses riecht es intensiv nach Hasch. Die Privatsphäre des Bewohners und das Mitbestimmungsrecht des Hauses darüber, was sich in dessen Zimmer befindet, stehen in permanentem Widerspruch. Die Schlüssel des Personals passen in alle Schlösser. Alles darüber hinaus bekommt man anhand der Überwachungskameras mit, Marie singt nicht Karaoke, aber sie steht oft auf dem Balkon des Gemeinschaftsraums und schaut Hector dabei zu. Wir wissen nicht, wie die Tage sich gestalten, bevor wir sie nicht beginnen. Und so lieben wir wie eine Erinnerung.

Ich werde ständig an die Fieberwelten erinnert. Sie zeigen sich nicht als innere, für meine Umgebung unzugängliche Erkrankung, sondern als äußere; das Fieber kommt von außen. Und derzeit zeugen die Verbrennungen zweiten Grades an meinem linken Arm von meiner Entkopplung von der Welt, es ist nicht das erste Mal, dass ich mich mit kochendem Wasser übergossen habe, aber ich habe mir geschworen, dass es das letzte war. Es ist schmerzhaft und lästig, und man hat hinterher mehrere Wochen damit zu tun. Man kann auch gar nicht viel machen: In den ersten paar Stunden ist Lindern und Kühlen wichtig, aber nicht mit eiskaltem Wasser, denn das kann zu Erfrierungen führen. Nur ein feuchtes Handtuch dagegen taugt auch nicht, das habe ich vor ein paar Jahren festgestellt, als eine Aushilfskraft in der offenen Abteilung des Krankenhauses mir verzweifelt und genervt die gerötete Haut und die beginnenden Brandblasen provisorisch mit so einem verband und dann weitereilte. Als die Nachtschwester am Abend hereinkam, waren die Schmerzen schlimmer geworden, und ich erinnere mich an ihre entsetzten feuchten Augen, als sie meine mit Blasen übersäte Haut mit Salbe und Gaze verband und mir dann eine hohe Dosis Ibuprofen gab.

Nein, das Beste, was man in so einer Situation tun kann, ist, die verbrannte Stelle unter lauwarmes, fließendes Wasser zu halten, am besten eine Stunde, mindestens aber zwanzig Minuten lang. Es war ein merkwürdiger Abend, vergangenen Sonntag, eine Unruhe auf der Fünf, die sich an keinem Einzelnen festmachen ließ, sondern irgendwie allgemein war. Deshalb war es auch ein ungünstiger Zeitpunkt, um sich eine Verbrennung zweiten Grades zuzuziehen, ich war nicht die Einzige, die Hilfe brauchte, das Haus zitterte vor Wut, gleichzeitig ist das Personal chronisch unterbesetzt. Mark riss mir blitzschnell den Wasserkocher aus der Hand und drehte in derselben Bewegung den Wasserhahn auf. *Du bleibst jetzt eine Stunde lang so stehen,* befahl er mir ängstlich. Ich konnte aber gar nicht stehen, er musste mich stützen, die ganze Stunde lang, während das Wasser lief und die Unruhe im Haus immer größer wurde. Zum Glück geschah an diesem Abend nichts wirklich Schlimmes, vielleicht zogen sich die Leute wieder in sich selbst zurück, fielen irgendwo um und erwachten erst am nächsten Tag wieder, als mehr Hände da waren und mit anpacken konnten. Ich schlief gegen drei Uhr ein und erwachte ungefähr zu Mittag mit einem steifen Arm. Es dauert etwa vierzehn Tage, bis so eine Wunde heilt, und die Schmerzen halten an. Ich trage immer noch einen Verband, es ist erst der vierte Tag.

Man bezeichnet die Eindämmung des Gefühlsspektrums als Behandlung.

Wir haben ein außerordentliches Wohngruppentreffen, es ist Donnerstag, zwei Uhr. Davor haben Lars und Thomas lange miteinander geredet, und seit zehn Uhr sitzen sie mit dem gesamten Personal, das für die Wohngruppe zuständig ist, zusammen. Wir sind fast vollzählig: Lasse, Sara, Marie und Hector. Sara hat schon mit dem Kaffeekochen begonnen, deshalb nehme ich die Mandeltörtchen aus der Plastikverpackung, lege sie in die größte Schüssel, die ich finden kann, und stelle sie auf den Tisch. Vielleicht ist uns der Ernst der Situation nicht bewusst. Lars schnappt sich ein Törtchen und verschlingt es mit einem Bissen.

Es war uns wichtig, dass ihr alle dabei seid, sagt Thomas und räuspert sich, bevor er sich die Hand vor den Mund halten kann, ein leises Luftausstoßen. *Die Entscheidung ist uns nicht leichtgefallen,* fährt er fort und beugt sich über den Tisch, blickt uns, die wir nichts ahnen, lange an. Lasse wechselt aufs Sofa und hört jetzt von dort aus zu, um den Esstisch herum ist es eng, aber alle sind still und lauschen aufmerksam. Ich weiß nicht, wo Waheed ist, heute ist zwar zusätzliches Personal im Haus, das sitzt aber im Büro. Vielleicht hat er verschlafen, vielleicht hat er einen Termin mit seinem Sozialberater. *Aber wie ihr ja wisst, trifft die Verwaltung manchmal administrative Entscheidungen für euch oder für das Haus im Allgemeinen, von deren Richtigkeit wir nicht wirklich überzeugt sind.* Lars nickt stumm, zwinkert mir kurz zu und verzieht den Mund zu einem Lächeln, ich lächle zurück. Ansonsten schaue ich lieber auf meine Nägel, ich schiebe die Haut an ihren Rändern zurück und reiße Fetzen davon ab, werde unterbrochen, als Waheed hereinkommt. *Ach, ihr seid noch gar nicht fertig?,* fragt er. Lars zieht ihm einen Stuhl heran und rüttelt ihn ein wenig an der Schulter, *nein, mein Lieber, wir haben gerade erst begonnen.*

Sara fragt, ob es okay wäre, wenn sie mit Nadja in ihr Zimmer gehe, die Atmosphäre im Raum mache sie ganz nervös, außerdem seien hier so viele Personen in den verschiedensten Stimmungen und ganz verschieden angezogen, wir wüssten ja gar nicht, welches Ausmaß an Reibung die Materialien hier in der Küche erzeugten. *Natürlich, Sara, und jetzt werde ich zum Punkt kommen, damit wir alle uns wieder entspannen können,* sagt Thomas und schlägt das linke Bein über das rechte, rückt mit dem Stuhl ein wenig vom Tisch ab. *Ihr könnt mir glauben, dass ich wirklich gekämpft habe, aber ab ersten August höre ich hier als Betreuungskraft und pädagogischer Leiter auf.* Er sagt es mit klarem Blick, langsam und mit dünner Stimme. Und ich stehe auf; nicht aus Furcht, von etwas außer mir übermannt zu werden, sondern weil ich das Wogen und die Dämonen und die Namenlosigkeit und den eindeutigen Betrug der Wände spüre. Ich gehe zur Tür hinaus, aber Thomas folgt mir, drei weitere Betreuer kommen vom Büro auf uns zu. Sie wissen alles, bevor es passiert, sie sehen, dass es beginnt und wie sie ihm zuvorkommen können, es ist ihr Job, es vorherzusehen. *Wir können dich jetzt nicht alleine lassen,* sagen sie. Ich möchte selten allein sein, aber jetzt will ich es, ich möchte allein sein mit meiner Trauer, also öffne ich schnell und abrupt die Tür zur Feuertreppe, sie folgen mir. Ich laufe in den dritten Stock hinunter, dann rasch weiter in den ersten, ich muss an die Luft und in die Sonne, und im Erdgeschoss taucht Mark vor mir auf. Als er mich in die Arme schließt, ramme ich ihm einen Ellbogen in den Bauch, er hält mich fest und ruft über seinen Gürtel Unterstützung. Weitere Leute kommen hinzu, auch welche, die ich nicht kenne. Ich verpasse einem von ihnen einen Kopfstoß, ich weiß nicht, wem, ich erkenne nur verschiedene Nuancen des Beiges und Dunkelrots der Einrichtung, ich hole mit dem Schienbein gegen eine große Topfpflanze aus, Erde ergießt sich über die Schuhe und über die Knöchel der Mitarbeiter, ich winde mich, doch zehn Arme halten mich fest. Das Erdgeschoss riecht nach weißer Soße, und ich trete Mark in die Seite, aber er bleibt unbeeindruckt stehen wie ein steinernes Denkmal, und ich werde auf den Boden gelegt. Die Decke tritt brutal in mein Sichtfeld, Mark begleitet mich in den Aufzug.

Mark sitzt in einer Ecke des Zimmers und spielt *Wordfeud*. Durch das Fenster überm Dach sehe ich den Himmel wie eine Säule, die uns aufsaugen will. Ich esse eine Pflaume, sie schmeckt anonym, den Stein lege ich auf den Tisch neben mir. Zwischendurch lösen sich meine Schultern vom Körper, als rissen sie sich von ihrem Platz zwischen Nacken und Rücken los, ich erbreche mich in den größten Topf der Küche. Ich bin so müde. Ich zünde mir eine Zigarette an, sie knistert. Im frühen Abendlicht draußen ist es windig, hinter den Gebäuden sieht man eine gräuliche Decke. Ich ziehe mir eine weiche Fleecehose und einen zartgelben Pullover an, als könnte ich mit meiner Kleidung die Voraussetzungen dieses Abends verändern; dass ich zum Beispiel lediglich an etwas so Einfachem wie einer Grippe erkrankt bin, einer schweren Halsentzündung vielleicht. Würde ich es überhaupt merken, wenn es so wäre? Oder würde man es einfach nur als eine weitere physische Nebenwirkung der Medikamente abtun? *Ein bisschen Durchzug täte mal gut,* sagt Mark. Die Zigarettenasche vermischt sich mit dem Wind; bildet eine Wolke aus dichten Staubpartikeln, es sieht aus wie ein Abschiedsgruß. Ich halte mich am Kopfteil des Bettes fest, eine lächerliche Stabilität. Als würde es je etwas anderes werden als Sommer.

Es scheint aus verschiedenen Gründen wichtig zu sein, dass die Kleidung psychiatrischen Pflegepersonals nicht dieselbe ist wie die krankenhausübliche; keine weißen Kittel, keine medizinblauen Hosen, sondern Alltagsoutfits, eine Alltagsuniform. Dennoch erkennt man sofort, wer Pfleger und wer Patient ist. Tanja von der offenen Station im Krankenhaus trug stets hohe Absätze, und wenn über den Alarm Unterstützung angefordert wurde, war sie oft die Schnellste, was man nicht gedacht hätte, bei den Schuhen. Sosehr ich mich jedoch bemühe, kann ich mich nicht daran erinnern, was die Psychiater trugen, weder der Oberarzt noch der Notarzt, da ist nur ein verschwommenes Bild, ein dottergelbes Baumwollhemd? Ein verwaschener Strickpullover? Oder ein hellblauer mit V-Ausschnitt? Dunkle Jeans? Ein ganz weicher Pullover? Marks Uniform besteht aus Kapuzenpullover und Shorts, egal bei welchem Wetter. Es ist unglaublich, wie viel in seinen Hosentaschen Platz hat. Nadeln, Schlüssel, Pillen, der Alarm, weiße Prince 100. Fisherman's Friend. Ein metallisch glänzendes Zippo-Feuerzeug. Die Monatskarte. Ein orangefarbenes Kinderzopfgummi.

Unbeholfen steige ich vom Lastenrad, das Gras wächst hoch und wild um meine Knöchel, als ich die Füße auf die Erde setze. Wir machen eine Pause, Thomas und ich, haben Umzugskartons besorgt und sind jetzt auf dem Weg zum Mittagessen. Es riecht ein bisschen faulig, aber auch frisch nach Blumen. Wir setzen uns an die Böschung des Sees, ich lege meine Tasche neben die längst verblühte Kastanie. *Möchtest du Holunder oder Schwarze Johannisbeere?*, fragt Thomas und schiebt sich mit einer raschen Bewegung die Sonnenbrille in die Stirn, das dunkle Haar wellt sich nach hinten. Er setzt sich ins Gras, öffnet die Glasflaschen mit einem Schlüssel, seufzt tief und lehnt sich zurück. Am anderen Ufer springen Leute ins Wasser. Der Kopf eines Mädchens schaut heraus wie ein Pilz, ihre Arme bewegen sich in schnellen kreisenden Bewegungen. Ich schwitze an den Beinen, die abgeschnittenen schwarzen Leggings sind mir an den Oberschenkelinnenseiten hochgerutscht, ich rolle sie wieder herunter, ich trage die Leggings, um das Aneinanderreiben der Beine zu vermeiden, damit keine Wunden entstehen. Meine Arme sind von heller Seide bedeckt, denn zu viel Sonne ist weder für Narben noch für Verletzungen gut, ein weiterer Grund ist, dass es Dinge gibt, die ich nicht mit allen teilen möchte. *Ich glaube, Kirstine kann eine gute neue Bezugsbetreuerin für dich werden,* sagt Thomas und blickt zu dem badenden Pilz hinüber. *Sie hat jede Menge Erfahrung. Sie weiß, was sie tut. Von den Bewerberinnen und Bewerbern war sie eindeutig die beste, fandest du nicht auch?* Er leert die Schwarze-Johannisbeer-Flasche und wirft sie hinter sich ins Gras. *Was hältst du davon, wenn sie nächste Woche mal auf einen Kaffee vorbeikommt? So ganz unverbindlich.* Vom anderen Ufer sind weitere Schwimmer aufgebrochen. *Damit ihr im August einen sanften Start habt.* Die Köpfe tauchen im Wechsel auf und verschwinden wieder.

Kirstine klopft an die Glastür von Thomas' Büro, es ist Montag. Wir haben uns bereits einmal getroffen, sie hat kurzes strubbeliges Haar, und ich stelle mir vor, wie sie es am Morgen frisiert hat; zuerst hat sie das Wachs zwischen den Handflächen verteilt und es sich dann mit raschen Bewegungen in die Spitzen geknetet, vor allem im Nacken und um die Ohren herum, um sich zum Schluss die Hände mit warmem Wasser gründlich abzuwaschen. Ihr weißes T-Shirt unter der Kostümjacke liegt eng an, sie wirft die Schlüssel in die abgewetzte beige Ledertasche, die ständig über ihrer eckigen Schulter hängt, dann streckt sie die rechte Hand aus und greift nach meiner, ein trockener und fester Händedruck. *Schön, euch beide wiederzusehen,* sagt sie und setzt sich auf den meerblauen gepolsterten Stuhl mit der hellen Holzlehne. Ich stehe auf, etwas will raus aus meiner Brust, mein Bauch ist wie ein heißer Gürtel. *Wollen wir eine kurze Pause machen?,* fragt Thomas, während ich bereits die Tür öffne. Kirstines Augen wandern hin und her, und als sie dann lächelt, senkt sie das Kinn Richtung Brust, sodass sie nach oben schauen muss, um meinem Blick zu begegnen, eine hierarchische Choreografie, und ich habe nichts als das Kranke in mir, über den Rest darf man nicht selbst verfügen.

Es kann sich anfühlen, als erwache man mehrmals am Tag aus demselben Traum. Wenn man Aktivkohle getrunken hat, um den Körper von einer Überdosis zu befreien, bleibt der Geschmack in der Kehle haften. Anschließend kackt man schwarze Flüssigkeit aus. In einem dünnen grauschwarzen Strahl. Heute habe ich Glück, die Aktivkohle allein hat genügt, es ist nicht nötig, mir den Magen auszupumpen. Und so trinke ich sie fast dankbar.

In anderen Fällen musste mir tatsächlich erst der Magen ausgepumpt werden, bevor man mir Aktivkohle geben konnte. Erst als ich das Beatmungsgerät und die Plastikbeutel entdeckte, wurde mir klar, dass mein Kreislauf mit Sauerstoff und Flüssigkeit versorgt wurde. Erst als ich zu sprechen versuchte, begriff ich, dass meine Stimmbänder auseinandergeschoben worden waren, um den Beatmungsschlauch einführen zu können; ich konnte sie kaum benutzen, es klang lediglich wie das Echo eines Organs. Ich begriff, dass ich ausgeleert werden musste, dass die Sonde durch die Speiseröhre in meinen Magen dazu diente: mich auszuleeren. Ich nahm das Zimmer um mich herum wahr, die Wände und die großen Fenster, davor die blassen Umrisse von Wolken, woraus ich schloss, dass wir uns hoch oben im Gebäude befanden, dann die Geräte, die Geschäftigkeit der sie bedienenden Menschen, ich begriff, dass wir uns nicht mehr auf einer psychiatrischen, sondern auf einer Intensivstation befinden mussten, dass ich am besten daran tat, die Tage wegzuschlafen. Und als ich das nächste Mal erwachte, befand ich mich wieder in einem anderen Raum, diesmal ohne Bettnachbarn, und der Blick aus dem Fenster verriet, dass wir uns noch weiter oben befanden, es überraschte mich, dass es überhaupt möglich war, noch höher zu gelangen, und auf dem Rolltisch neben mir standen eine Kanne mit verdünntem Saft und ein Plastikbecher, und als ich mich mit den Händen auf dem Bett abstützte, um mich aufzusetzen, fiel die Klemme an meinem Zeigefinger herunter, und diese Klemme gehörte zu einem noch längeren Schlauch, einem noch längeren System, und eine kleine Person, die ich noch nie gesehen hatte, erhob sich von ihrem Stuhl und befestigte die Klemme rasch und routiniert wieder an meinem Zeigefinger. Direkt am Kragen ihres hellblauen Hemds, neben dem FADL-Namensschild, waren einige rotviolette Flecken zu sehen, es sah aus wie Rote-Bete-Saft oder heller, fruchtiger Rotwein, und unter dem Hemd guckte ein verwaschenes weißes T-Shirt heraus. Beim Aufstehen legte der Mann sein Buch auf den Stuhl, meine Nase war mittels eines Rohres mit einem Gerät neben mir verbunden, und ich begriff, dass mein Körper Unterstützung beim Atmen brauchte: dass meine Lunge zu schwach war. Im selben Moment bemerkte ich das Metallbecken unter mir, das meine schwarze Ausscheidung auffangen sollte, sowie den Urinkatheter, durch den meine Blase entleert wurde, und ich begriff, dass es Aktivkohle war, die meinem Kreislauf zugeführt wurde, alle Schläuche waren mit mir verbunden. Ich sah die Tage vor mir in der Luft wie handgeschriebene Zeichen, allerlei Knoten oder Schlaufen. Ich hatte kein Gefühl mehr für meinen Körper, als ich aus dem künstlichen Koma erwachte, in welches man mich wegen einer schweren Lungenentzündung versetzt hatte, die wiederum Folge des Erbrechens nach einer weiteren missglückten Überdosis war. Das Sauerstoffgerät neben mir stand auf kleinen Rädern und sah aus wie ein Rollkoffer. Ich war geschwächt und fühlte mich flüssig wie ein Teig, der Urin lief unkontrolliert aus mir heraus. Aber das ist jetzt lange her.

Langsam wird es Abend und damit die Zeit, die ich am allerwenigsten mag. Ich habe mir verschiedene Rituale zugelegt, die mir helfen sollen, wieder zu einem tiefen und langen Schlaf zu finden. Das Fenster meines Zimmers steht offen, die Vorhänge bewegen sich träge im Wind, es ist etwa zehn Uhr, und ich warte noch ein wenig mit der Einnahme des Schlafmittels, bis ich mir sicher sein kann, dass ich tatsächlich einschlafen werde. Die Stunden von neun bis zehn sind Stunden der Schlafvorbereitung. Kirstine hat mal einen Kurs in Reflexzonentherapie gemacht, und ihr zufolge schwören viele Menschen mit Einschlafproblemen auf diese Methode. Ich bin weder skeptisch noch misstrauisch, aber dass ich zuversichtlich wäre, kann man auch nicht behaupten. Ich habe Fernseher und Computer ausgeschaltet, mir die Zähne geputzt und vor dem Spiegel dreimal *ich bin so müde* zu mir gesagt, und jetzt habe ich mich in gemütlichen Klamotten aufs Bett gelegt, Kirstine hat sich an mein Fußende gesetzt. *Hat deine Mutter auch solche Hornhaut unter den Füßen? Es kommt mir fast genetisch vor,* sagt sie und drückt an verschiedenen Stellen. Ich werde betrogen, das ist einfach so, Abend für Abend betrogen in meinem positiven Glauben, dass die

Müdigkeit mich übermannen wird, dass es mir diesmal wirklich gelingen wird, mich ihr glücklich und erschöpft hinzugeben. Aber nein. Auch an diesem Abend ist es nicht anders, auch dieser Abend bildet keine Ausnahme. Ich strecke die Arme seitlich aus, wie um meine Brust freizugeben, dass sie sich losmachen und sich vom weißen Wehen des Rollos in seinem eintönigen Tanz abseits der übrigen Möbel im Zimmer umfangen lassen kann; neidisch auf das mangelnde Schlafbedürfnis der Stühle.

Es ist dieses harte Klopfen, von Metall vielleicht, ich weiß es nicht, Lasse zeigt mit gekrümmtem Finger, was er meint, es ist Mitternacht, und er steht mit Mark im Raucherhof, zündet sich nebenbei eine Zigarette an, *es dringt durch alle Stockwerke, und ich spüre es im Rücken wie Nadelstiche, eiskalt.* Ich höre ihnen heimlich wie ein Einbrecher vom Gartenstuhl unter dem Sonnenschirm aus zu. Mark nickt, zündet sich selbst eine lange weiße Prince an und setzt sich auf die Bank neben Lasse. *Glaubst du, jemand macht das absichtlich, um dich zu ärgern?,* fragt er und stößt den Rauch durch den rechten Mundwinkel aus. Ja, natürlich, erwidert Lasse, seine Stimme ist alt und lebendig, ich wundere mich über ihre unerschöpfliche Intensität. *Man will mich aus irgendwelchen Gründen schikanieren. Und es tut weh.* Er stößt ebenfalls den Rauch aus, ich verbrenne mir den Fingernagel an der schwachen Flamme meines Feuerzeugs.

Ich finde, wir könnten noch eine kleine Abendrunde drehen, habt ihr Lust?, fragt Lars und klopft an Saras und meine Tür, es ist Mittwoch gegen acht. In der Luft liegt eine beinahe aggressive Energie, es will einfach nicht dunkel werden. Sara ruft *Ja,* ich ebenfalls, dann ziehe ich mir ein schwarzes Leinenhemd über. Als ich auf den Gang hinaustrete, öffnen sich die Zimmertüren meiner Mitbewohner eine nach der anderen: Hector, Lasse, Sara, Marie. Durch die Tür an der Hintertreppe tritt Waheed. Sara hat eine kleine Tasche dabei, ich frage, ob ich mein Portemonnaie mit reintun darf, *die Stadt gibt euch ein Eis aus,* sagt Lars und zwinkert mir vergnügt zu, das Portemonnaie werfe ich aufs Bett, dann schließe ich die Tür hinter mir ab. Marie zieht sich einen Kapuzenpullover über, der perfekt zu ihren mintgrünen Hotpants passt, *Lars!,* ruft sie, holt ihn mit langen Schritten ein und hakt sich bei ihm unter.

Auf der Straße zittert die Luft wie Wasser in einem Topf, kurz vor dem Kochen. Sie flimmert. Es sind über zwanzig Grad, eine tropische Nacht, die Holunderblüten leuchten wie Gespenster. In den Cafés sitzen unzählige Menschen, die miteinander, mit der Wärme und mit dem Wein beschäftigt sind, sie reden laut, als würden sie sich mit der Straße unterhalten. *Ich nehme auf jeden Fall Pistazie,* sagt Lars, *und mindestens zwei Kugeln.* Marie ist unbeeindruckt und gibt sich als Königin der Trägheit, legt den Kopf in den Nacken, als könnte sie den Hinterkopf über den Asphalt hinter sich herziehen. Der Himmel ist fast unangenehm blau. *Ich will auch mal so einen Job haben wie du, Lars,* murmelt Marie leise, den Kopf zurückgelegt, *wo man Geld dafür kriegt, jede Menge Scheiße zu labern.* Lars grinst und klopft Marie auf die Schulter, als würde er sich unfreiwillig zu drei Metern Größe erheben, als wäre er je kleiner gewesen, als könnte je irgendjemand auf der Straße uns anschauen und denken: eine ganz normale Gruppe sehr kleiner Menschen in Begleitung eines sehr großen Mannes. Ich muss mich umdrehen: Das Licht leuchtet aus ihnen allen.

Heute ist Thomas' letzter Tag, er hat uns alle zu Kaffee und Kuchen in seine Dachgeschosswohnung eingeladen. In der Küche riecht es nach Zimtwecken, eine Glasschüssel mit halbierten Erdbeeren steht auf dem Tisch, ein Rührgerät lärmt. Wir sind alle da. Hector öffnet die Cola, die er sich mitgebracht hat. Lars sitzt auf einem Hocker und ruft, *du sagst, wenn wir was helfen sollen, ja?* Ich sehe ihre glatten Gesichter, wie polierte Äpfel. Die Luft kommt mir mit jedem Einatmen heißer vor, eine Taube sitzt draußen auf der Dachrinne. Ein Zimmer hört nicht auf, ein Zimmer zu sein, nur weil man es verlässt. In einer Ecke steht eine Gitarre. Hectors Cola zischt, begleitet von einem Pfeifen. Lars nimmt sich ein Taschenbuch vom Couchtisch und blättert, es staubt und riecht muffig. Wir sind im Wohnheim, wohin wir auch gehen. Thomas stellt eine Kanne Tee auf den Tisch, er dampft und riecht nach Minze. Sara und ich haben das Abschiedsgeschenk von uns allen gemeinsam mit ausgesucht, zwei Karten für das Bob-Dylan-Konzert im Forum. Lars nimmt den goldfarbenen Umschlag aus der Gesäßtasche, legt ihn neben das vergilbte Taschenbuch auf den Tisch. Dieses freundliche, arrogante Zimmer. Ich werde Thomas nicht wiedersehen.

Nicht nur für den Bezugsbetreuer bedeutet es Arbeit, eine neue Beziehung aufzubauen, sondern genauso für den Bewohner. Der Unterschied ist, dass dem einen die Arbeit anerkannt wird, dem anderen nicht. Ich bin nach so einem ganzen Tag mit Aktivitäten, Zusammenkünften und Gesprächen, gelinde gesagt, erschöpft. Ich lege mich platt auf den Boden, die Gereiztheit wie einen zusammengedrückten Ballon im Bauch, und schaue zum hauchdünnen Umriss der Deckenlampe hinauf. Kirstine klopft an, um Tschüs zu sagen. Ich hoffe, Mark arbeitet heute Abend. Wir, die wir weder Orte zum Leben noch zum Sterben haben, landen in diesem Versuchszuhause, diesem zeitweiligen Durchschleusungswohnheim. Mein Gesicht brennt, als ich aufstehe, es ist bläulich und rot wie ein inneres Organ.

Hier an den äußersten Rändern führt jede Frage von mir fort. Man kommt zu dem Schluss, dass es notwendig und sinnvoll wäre, Sara und mir einen Zuschuss fürs Taxi zur Gruppentherapie zu gewähren, wenn wir beide dort hinmüssen, aber keine von uns ist in der Lage, diese Fahrt zu unternehmen. *Es ist wichtig, dass ihr weiterkommt,* sagen sie, wir nicken, und wir wissen es. Aber der Schlaf ist übermächtig, mein Körper schlaff wie nasse Zeitungen, ein schlottriges Bein, ein empfindlicher Arm, ein Sarg für die Augenlider. Sara kommt leise herein und setzt sich ans Fenster, sie schaut mich kurz an, ich sie nicht, sie steckt sich eine Zigarette an und öffnet das Fenster, bläst den Rauch hinaus. *Ich habe dir Kaffee mitgebracht, er steht auf dem Tisch.* Ihr Blick ruht auf den glänzenden, regennassen Zweigen draußen, sie stützt den rechten Ellenbogen auf dem linken Handrücken ab und verharrt in dieser Pose; quadratisch vor dem Fenster. *Ich habe auch noch ein paar Zigaretten, wenn du selbst keine mehr hast,* zischt sie mir zu, *der Kaffee ist vielleicht noch ein bisschen heiß,* ich spüre die kühle Luft an meiner Stirn, blicke zur Decke und hebe die Hände über die feuchte Einhegung meines Federbetts. *Du hast sogar noch genügend Zeit, zehn Minuten etwa für den*

Kaffee und fürs Rauchen und dann noch fünfzehn für die Klamotten, und wenn du dir richtig was Gutes tun willst, schaffst du es vielleicht sogar noch, Zähne zu putzen. Sara schnipst ihre Zigarette aus dem Fenster, sie sieht mich nicht an, aber ich glaube, sie hört, wie ich mich auf die linke Seite drehe, den Oberkörper schläfrig aufrichte und zu ihr herüberkomme. Im Stehen stoße ich das Fenster weit auf und zünde mir ebenfalls eine Zigarette an, dann erst mal Kaffee. Das Taxi, dann die Therapie, dann das Erbrechen und anschließend mehrere Tage Schlaf.

Es klopft, und ebenso wenig wie im Krankenhaus kann ich verhindern, dass die Person zu mir reinkommt. Früher hat mir das ein Gefühl von Sicherheit gegeben, jetzt ärgert es mich, ich fühle mich nackt. Leere Zigarettenschachteln liegen zusammengedrückt in verschiedenen Ecken des Zimmers. Ein Pfirsichkern, Tassen mit Resten kalten schwarzen Kaffees. Viel Tageslicht dringt nicht herein, die Jalousien sind vollkommen geschlossen. Ich schaue *True Blood,* unterbrochen lediglich von Toilettengängen und einem Ausflug zum Kiosk, um Zigaretten und Schokolade zu kaufen. Es stresst mich, wenn ich die Serie unterbrechen muss. Das Schokoladenpapier habe ich hinterm Bett versteckt, ich habe die Tafel komplett aufgegessen und wieder ausgekotzt, die Magensäure klebt noch an meinem Gaumen. Es klopft erneut, diesmal lang anhaltender. *Hey, ich weiß, dass du allein sein willst, aber ich muss trotzdem mal nach dir schauen,* sagt Kirstine mit der sanftesten Stimme, die ihr zur Verfügung steht. Ich habe mich aufgesetzt, die Bettdecke liegt über meinem Unterkörper, ich schwitze. *Du musst auch noch deine Abendmedizin nehmen,* sagt Kirstine, und jetzt höre ich die Schlüsselkarte piepen. Nervös starre ich auf den Bildschirm.

Der Regen fällt fast unsichtbar. Wir hören nicht, wie er auf die Fensterscheiben trifft, und nehmen ihn kaum wahr. Ich schaue genauer hin und erkenne sie doch; Regentropfen, Wasserstaub, eine Störung im Klaren da draußen. Doch so ein Regen reicht der trockenen Erde nicht aus. Er ist sanft und mild. Der Himmel ist dunkel, die Bäume auf der Straße vor meinem Fenster erdgrün und erschöpft. Sara hat Geburtstag, und als ich die Küche betrete, kratzt sie sich gerade den Teig von den Nägeln. Hector sitzt vor einem Glas Saft, sein Haar steht waagerecht ab, er sagt, er sei gerade erst aufgewacht. Als ich ihm etwas erzähle, antwortet er verzögert. Gebremst von etwas, das weder er ist noch ich. Der Tisch ist mit Geburtstagsfähnchen, Kerzen und Blumen dekoriert. Kleine runde Brötchen schauen unter einem Geschirrtuch hervor. Jemand hat Marmelade in ein Schälchen gefüllt, sie zittert bei der geringsten Bewegung. In der Küche duftet es nach Zimt und karamellisiertem Zucker, meine Hände sind meine eigenen. Nadja nimmt eine Holzfahne und stellt sie mitten auf den Tisch. Dann geht sie zu Sara, und sie reden leise über irgendetwas, ich kann nicht hören, was. Sara schüttelt den Kopf, blickt an sich herunter. Mit den langen blauen Pall Mall in der Hand schleppt sie ihre Füße über das blanke Linoleum zum Balkon.

Kirstine kommt mit dem Staubsauger an, ich höre ihre energischen Schritte auf dem Gang. Es ist bewölkt, und die Luft ist feucht, die Fenster sind von meinem langen Bad beschlagen. *Guten Morgen,* ruft Kirstine und klopft gleichzeitig an meine Tür, *bist du startklar für unseren Putztag?* Genau wie das Kochen können auch andere praktische Tätigkeiten den Jugendlichen und ihren Betreuern zuweilen guttun; etwas mit den Händen zu machen, etwas Alltägliches und Nützliches wie zum Beispiel das Zimmer aufzuräumen. Kirstine und ich haben nicht das beste Verhältnis, ich habe sie mehrfach wütend stehen lassen oder sie angebrüllt, ich weiß nicht, was es ist, aber wenn ich ihr blondes Haar sehe, wie es in allen Richtungen starr von ihrem Kopf absteht, bekomme ich jedes Mal Lust, ihr richtig fest ins Gesicht zu schlagen. Dabei weiß ich genau, dass sich diese Wut nicht gegen sie persönlich richtet, dennoch kann ich es nicht steuern, es beginnt in den Knien und steigt von dort bis in die Fingerspitzen auf; zitternd wie Streichmusik. Trotzdem bin ich der Meinung, dass ich mein Bestes tue, denn ich brauche sie, oder, besser gesagt, ich brauch jemanden, fast egal wen. Vielleicht kann ich ja lernen, ihre pünktliche Energie zu schätzen, ihr Bestehen auf festen Mittagessenspausen. *Ja klar,* sage ich, die Zigarette im Mundwinkel und blase den Rauch aus dem Fenster, lasse die eine Hand herunterhängen, während ich die andere zu einem Guten Morgen hebe. *Hast du gefrühstückt? Möchtest du eins von meinen selbst gebackenen Brötchen?* Sie steht halb im Zimmer, den Kopf schief gelegt, einen Arm an der Wand abgestützt. *Ja, okay,* sage ich, lehne mich zurück und drücke meine Zigarette aus, bleibe noch kurz sitzen. *Ich bin gleich zurück!,* sagt sie, und ich zünde mir noch eine an, um richtig wach zu werden. Bei mir ist es selten unordentlich, aber es riecht schlecht. Ein bisschen süßlich, ekelhaft. Ich habe bösartige Pappkartons in meiner Kommode versteckt. Darin liegen Stapel von Klamotten, die nicht mir, sondern einer anderen Person gehören, die ich möglicherweise totgeschlagen habe. Ich kann sie nicht anschauen, ohne dass es mir hochkommt. Ich kann sie nicht anschauen, ohne dass mir schwindlig wird, vielleicht liegt es an den Farben, an der Zusammensetzung der Muster, etwas, das mit Wiedererkennen und Widerwillen zu tun hat. Ich sehe Bilder aus einem anderen Leben an mir vorbeiflimmern, das meins gewesen sein könnte. Ich sehe Klamotten, die locker und unbeschwert an einem ebenmäßigen Körper hängen, und ich schäme mich, dass es meine Knochen und meine Organe sind, die diesen misslungenen Menschen mit sich herumtragen, und genau in diesem Moment kommt Kirstine wieder herein.

Bist du sicher, dass du nichts davon aufheben willst?, fragt sie, wir sitzen auf dem Bett, endlich fertig mit dem Sortieren meiner alten Klamotten. Ich werfe einen kurzen Blick auf die Haufen, ein einzelner Wollpullover und Leggings aus elastischem, glänzendem Material liegen rechts auf dem Behalten-Stapel. Ich weiß nicht, wie ich den Kleidungsstücken, die ich anziehe, gerecht werden soll. Sie versetzen mich in einen Rausch. *Ja, ganz sicher*, antworte ich, ein Sonnenstrahl fällt auf einen roten Veloursrock, der hilflos glitzert. *Aber es könnte doch sein, dass du sie irgendwann vermisst*, sagt Kirstine und zieht das Knie bis zum Kinn, bläst sich eine Strähne aus dem Gesicht, *und genauso könnte es doch sein, dass sie dir irgendwann wieder passen*, ihre Stimme wird heller, steigt ein paar Töne höher, ihr geschlossener Mund verzieht sich zu einem Lächeln. *Das schaffe ich nie*, antworte ich, stehe auf und nehme die obersten Sachen vom linken Stapel. Ganz unten entdecke ich einen unansehnlichen Baumwollhut. Ich trage die Sachen zum Fenster und lasse sie hinuntersegeln; ein Kleidungsstück nach dem anderen, ich sehe sie auf dem Parkplatz landen wie Blüten, die sich von Bäumen losgerissen haben und die Erde übersäen, oder wie verklumpte Federn auf der Straße, Spuren eines Vogels, der von einer Katze gefressen wurde.

Am Kiosk treffe ich Waheed. Er bewegt sich fließend, ohne sich umzusehen, wie Quallen, die von der Strömung oder von den Wellen wie von selbst angeschwemmt zu werden scheinen. Es ist Monatsanfang, und wir haben Geld bekommen. Waheed versucht, dem ständigen Hunger zu entgehen, indem er sich an unserer Kochgemeinschaft beteiligt. Einmal hat er mir gestanden, dass seine Klinikaufenthalte in Zeiten, in denen er auf der Straße lebte und keinen Platz in der Obdachlosenunterkunft fand, für ihn auch eine Möglichkeit darstellten, an ein Bett und an Essen zu kommen. Seine Augen leuchten, und er lässt die Gelenke knacken, bevor er die Hände in die Hosentaschen schiebt, sein Gesicht verzieht sich zu einem glücklichen Lächeln, er scheint sich zu freuen, mich zu sehen. *Hey, willst du dir auch was zum Abendbrot holen? Wenn Hector kocht, esse ich lieber nicht mehr mit.* Er breitet die Arme aus und macht zwischen Bonbontüten, Faxe-Kondi-zuckerfrei-Dosen und fettigen Dürüm-Fladen Platz für eine Umarmung. *Ich wollte nur ein bisschen frische Luft schnappen*, sage ich, den Kopf an seiner Schulter, wir werden vom Summen der Insekten und einem vorbeiknatternden Moped unterbrochen. *Und dann will ich noch kurz rein und mir eine Ritter Sport Joghurt kaufen,* und vielleicht noch anderes, ich weiß nur noch nicht, was, denke ich, eine Flasche Sprudel, Zigaretten, Karen-Volf-Brownies. *Mach das! Ich warte hier, dann können wir zusammen wieder hochgehen.* Und ich trete in die Kühle des Kiosks, ausnahmsweise weiß ich genau, was ich will, und ich will alles; ich will es verschlingen, mich von der Menge und der Konsistenz überwältigen lassen, aus freien Stücken eine physische Veränderung in mir erzwingen. *Das macht einhundertsiebenundvierzig Kronen, Schätzchen,* sagt der Kioskbesitzer und lächelt, packt die Waren in eine weiße Plastiktüte, während ich bezahle. *Ich habe Zigaretten vergessen, zwei Schachteln rote Pall Mall bitte,* ich wiederhole noch einmal dieselben Bewegungen, Ware in die Tüten, Visakarte ins Lesegerät. Waheed hat auf mich gewartet, und ich zünde uns je eine Zigarette an. *Ich rauche nur, wenn ich mit dir zusammen bin, weißt du das?,* fragt er und konzentriert sich auf den Rauch, als wäre er Medizin, behält ihn im Mund, dann stößt er ihn aus. *Schön, dass ich dir ein paar gesunde Gewohnheiten beibringen kann,* antworte ich, und wir lachen so laut, dass die Gäste links im Restaurant zu uns herüberschauen. *Ehrlich, ich weiß gar nicht, wann ich zuletzt Gemüse gegessen habe, 2002 vielleicht.* Waheed schnipst die Zigarette weg, öffnet sich eine Dose Faxe Kondi Free und trinkt. Wir gehen über den Hof zum Hintereingang, hier ist es ungewöhnlich still, alles vom Kommunistenfestival ist wieder abgebaut worden, nur ein paar einzelne Kinder laufen noch herum, sind noch nicht zu Bett gebracht worden. *Hast du den Schlüssel?,* fragt er, aber ich brauche nicht zu suchen, eine der §-108-Betreuerinnen öffnet uns mit einer energischen Bewegung die Tür. *Ihr habt ja ordentlich eingesackt,* sagt sie, den Kopf ein wenig schief gelegt. Waheed murmelt etwas Unverständliches, ich schaue ihr nicht in die Augen. Im Aufzug drückt er die Vier und ich die Fünf, und wir sagen nichts mehr.

Es heißt, die EKT, Elektrokonvulsionstherapie, früher Elektroschockbehandlung, sei eine wirksame und relativ verträgliche Methode, um schwere Depressionen oder psychoseähnliche Zustände zu behandeln. Sie wird niemals als Erstes oder als Mittel der Wahl empfohlen, sondern eher als gute Alternative für Patienten, bei denen Medikamente gar nicht oder nur unzureichend anschlagen. Einen letzten Ausweg, könnte man sie nennen, was man jedoch selten tut, es klingt zu dramatisch. Wie viele EKTs einem Patienten verabreicht werden, ist unterschiedlich, ebenso, ob man es über wenige Monate verteilt mehrfach tut oder über einen längeren Zeitraum jeweils einmal im Monat. In meinem Fall? Als Achtzehnjährige habe ich circa zwanzig EKTs bekommen, mehrere Monate lang, dreimal pro Woche – an die genaue Anzahl kann ich mich nicht erinnern. Überhaupt erinnere ich mich an wenig aus dieser Zeit. Woran ich mich jedoch erinnere, ist das Nüchtern-bleiben-Müssen jeweils montags, mittwochs und freitags, wenn die Behandlung durchgeführt wurde. Rauchen war okay, glaube ich, oder ich habe mich darüber hinweggesetzt. Ich erinnere mich an den hochgewachsenen älteren Mann, dem ich nirgendwo anders begegnete, nur wenn ich zur EKT ging, als hielte er sich ausschließlich im Untergrund und in den endlosen Kellerfluchten des Krankenhauses auf. Ich erinnere mich, wie ich von der Schwester und dem EKT-Mann samt meinem Bett zur Behandlung ins Untergeschoss gefahren wurde. Ich übe mich im Erinnern. Ich erinnere mich, wie eiskalt sich das Narkosemittel in den Adern anfühlte; ausgeknockt zu werden, loszulassen, zu verschwinden. Wundervoll. Ich erinnere mich an das Aufwachen gegen Abend mit heftigen Kopf- und Kieferschmerzen, ich erinnere mich jedoch nicht daran, mich erinnern zu können. In den auf die Behandlung folgenden Wochen versuchte ich immer, deren Auswirkung auf meine Stimmung, meinen Körper zu spüren, aber ich bemerkte keine, also nichts; ich nahm Gefühlstaubheit wahr, Schmerzen im Kiefer, Auslöschung, meine eigene Geschichtslosigkeit. Ich dachte, wie soll ich einen Unterschied feststellen, wenn ich jeden zweiten Tag schlafe und in den Stunden, in denen ich wach bin, in Notizbüchern oder alten Briefen blättere? Es lag etwas Beunruhigendes und Fantastisches darin, so reingewaschen zu werden, und ich trage es in mir, ich trage es bei mir. Es überraschte mich nicht, dass es mir in den Monaten der Behandlung schwerfiel, mich zu erinnern. Doch plötzlich verblassten auch andere Erinnerungen, Erinnerungen, die weiter zurücklagen; an das Jahr vor meiner ersten Einweisung, dann an die ersten Male, mit Sitzwache am Bett, die Einweisungen in die geschlossene Abteilung, oder an Menschen, die ich kannte. Ich habe in meinen alten Krankenakten geblättert, aber es ist, wie einen Roman zu lesen: Ich erkenne diesen Menschen zwar, aber das bin nicht ich. Das bin nicht ich. Die Zeit nach der Behandlung liegt ebenfalls wie im Nebel, ich erinnere mich bruchstückhaft und muss mich anstrengen, um eine logische Abfolge zu finden, nicht dass ich damit ein Problem habe, ich kann mich sehr gut damit abfinden, dass meine Icherzählung Lücken hat. Dennoch frage ich mich, was der Grund dafür ist, *weshalb* ich Dinge vergessen habe. Liegt es an der EKT? Liegt es an den hoch dosierten Benzodiazepinen, den antipsychotischen Depotmedikamenten, den Glücks- und Einschlafpillen? War es ein traumatisches Erlebnis und das Vergessen eine Überlebensstrategie? War es die neurologische und kognitive Konsequenz der Krankheit an sich? Vielleicht war es einfach die Summe all dessen, auch das wäre nicht verwunderlich. Ich glaube, genau deshalb hält man EKT für eine relativ harmlose Behandlungsmethode: Man weiß nicht, woher das Erinnerungsversagen kommt, oder, besser gesagt: Es kann bei einem psychisch Kranken an allem Möglichen liegen. Es ist auch nicht jeder betroffen. Und in welchem Verhältnis steht die Behandlung, was wäre die Alternative? Die lebenslange Einnahme hoch dosierter Psychopharmaka, eine eventuell unbehandelte Psychose, Schlafmangel, permanente Angstzustände – die Liste ließe sich fortsetzen. So gesehen gibt es keine glückliche Genesung. Die Grundannahme in der Psychiatrie lautet, dass eine Behandlung von außen nach innen erfolgen muss.

Aber wäre nicht auch eine vorstellbar, die sich stattdessen nach außen richtet und nach der sich das Umfeld auf ein breiteres und umfassenderes Gefühlsspektrum einstellen müsste? Ich weiß es nicht.

Auf unseren Nasen haben sich Schweißperlen gebildet, sie sind angewachsen wie neue Körperteile. Das Haar klebt uns in der Stirn, und die Schläfrigkeit liegt über uns wie eine Decke. Schwer zu sagen, ob es an der Hitze oder den Pillen liegt, dass wir so müde sind, die Betreuer wirken längst nicht so erschöpft wie wir, sie schwirren herum wie aufgescheuchte Wespen. Wir essen am liebsten Weißbrot und Obst, es kommt uns vor, als würden die rot glühenden Drähte des Toasters niemals erlöschen; wir essen das Brot mit Butter, Honig oder einfach so, wie Hector, vielleicht mit etwas Salz. Einmal hat Lars einen Strandausflug vorgeschlagen, doch es ist schwierig für uns, den Anforderungen des Strands als Institution gerecht zu werden, sowohl was Kleidung und Stimmung als auch was Intimität angeht. Stattdessen bilden wir unsere eigene, stubenhockerische Institution, dampfend und schwitzend, und abends steigt die Temperatur aufgrund unserer Körperausdünstungen noch einmal an, wir können sie regelrecht sehen; was vorher Körper waren, sind jetzt Tauflecken auf den Scheiben, die im Laufe des Abends noch deutlicher hervortreten, denn sobald die Sonne untergeht, schließen wir die

Fenster. Und egal, was wir tun oder wie lange es dauert, ist hier immer dieselbe Jahreszeit: Sommer, der wärmste seit Jahren.

Vielleicht wurde dies unser bester Sommer, dieser Sommer der Eindämmung, vielleicht würde er sich einmal als bester Sommer unseres Lebens herausstellen.

Ich träume davon, alles zu verschlingen: Gegenstände, Mahlzeiten, Personen. Ich träume von einem Schlund so tief, wie ein Arm lang ist, einem hüftbreiten Mund. Ich träume von unendlichen Mengen weicher und runder Konsistenzen. Ich träume davon, mir Teile der Gemeinschaftsräume einzuverleiben, das Wohnzimmer, die Küche, den Boden. Von großen Stücken Zimmerdecke, zähen Bahnen Linoleum. Ich träume von hartem und scharfkantigem Weißbrot, das den Gaumen zerfetzt, von ungekochten Nudeln, rohen Möhren. Von langen hübschen Kehlen. Ich träume vom zerbrechlichen Glas der Neonröhren.

Ich träume von: einer Haut so glatt wie eine Wiese.

Alle Wege aus dem Haus führen auch wieder hinein; hinter jeder Tür, die ich öffne, tut sich eine weitere Treppe oder ein weiterer Linoleumgang auf, der zu einer weiteren geschlossenen Tür und einer weiteren sensorbetriebenen Lichtquelle führt, die sich einschaltet, sobald ich die Hand hebe, einatme oder einen Schritt zurücktrete, und wenn ich zum Aufzug zurückgefunden habe, bringt dieser mich in den Keller, wo ich immer wieder auf Lasse mit den milchweißen Augen und den aufgeribbelten Händen treffe, und erreiche ich endlich das Erdgeschoss und betrete die feuchten Fliesen der Terrasse, ist die Mauer, die den Außenbereich umschließt, noch höher und massiver geworden, und ich muss mich neben Waheed und Kian auf die Bank setzen, zu etwas aufblicken, das wie ein Sternensturm aussieht, ich muss uns allen eine Zigarette anzünden und versuchen, den Rauch nur in eine Richtung zu pusten: nach oben.

§
Heimlichkeiten

Wir gehen im Wechsel beieinander ein und aus, öffnen Türen und legen uns auf ein Schlafsofa, sehen fern oder legen ein Puzzle, wir gießen Blumen oder backen Milchbrötchen, wir lehnen uns an Wände an, als wollten wir eine Berührung sichtbar machen. Mit derselben nervösen Leichtigkeit öffnen wir eine Zigarettenschachtel, betrachten unsere aufgeblähten Bäuche und zwinkern einander heimlich zu. Wir erhöhen die Dosis unserer Medikamente, setzen sie anschließend wieder herab oder die Medikamente ganz ab und das Ganze wieder von vorn, wir futtern Oxapax und lachen über die Psychiater und Psychiaterinnen, wir versuchen, auf verschiedene Weise zu sterben, während das Leben, die WG und das System uns festhalten, wir weinen selten, wir trinken freitags Bier auf der Terrasse, wir hören die Lieblingsmusik der alten Kranken aus dem Erdgeschoss. Wir grüßen die Reinigungskraft Ahmed, wir versuchen, den Medikationsplan zu durchschauen, wir stellen Pläne für alle möglichen Dinge auf; einen Essensplan, einen Wochenplan, ein Schema darüber, wie wir unsere Emotionen ausleben sollten, wir schreiben auf, wann wir Panikattacken bekommen, was davor passiert ist und was danach, wir stellen Budgets auf und zerreißen sie in Panik, wenn das Jobcenter sich meldet, wir sind krankgeschrieben und arbeitsunfähig, wir tauschen Klamotten und leihen einander Schuhe, wir planen Sommerurlaube mit dem Campingbus des Wohnheims, kommen dann aber doch nicht weg, wir öffnen den Kühlschrank und schließen ihn wieder. Wir fangen mit Boxen an und gründen eine Band, wir nähen einen Kissenbezug und gehen zum Yoga, wir gehen in Gruppentherapie, in kognitive Therapie, in Psychotherapie, zur dialektischen Verhaltenstherapie, wir brechen auf zur Psychoedukation, bekommen aber an der Bordsteinkante eine Panikattacke, wir haben keine andere Wahl, als zu vertrauen, wir vergraben unsere Hände in den weichen Falten unseres Gesichts, und wir werden niemals dieselben sein, nachts knabbern wir gemeinsam Cracker auf dem Zimmer, rauchen noch eine Zigarette, bekommen einen trockenen Mund.

Wir können uns nicht sicher sein, dass dieser Organismus weiterhin existieren wird. Es ist schwierig, ohne Gewicht dieselbe zu bleiben. Gestern hat eine Blume auf dem Balkon Feuer gefangen, alles ist so trocken, so verdorrt. Kians Schritte auf dem Flur. Er putzt seine Stiefelspitzen mit dem Ärmel blank und hockt sich dabei hin, fällt in sich zusammen, so zumindest wirkt es von hier aus. Wie eine zusammengedrückte Papierkugel faltet er sich anschließend wieder auseinander, richtet sich auf, unsere Blicke treffen sich, langsam heben wir die Hand zu einer Art Gruß. Auf dem Gang befeuchten wir unsere Lippen und kratzen uns das Fett von der Haut, schmieren die Wände damit ein, um das Haus im Gleichgewicht zu halten.

Sara hat die Paste in eine lavendelfarbene Margrethe-Schüssel gegeben und zieht sich Gummihandschuhe über. Marie will sich die Haare rot färben, sie sitzt am Kopfende des Küchentischs, die beiden haben die Erlaubnis bekommen, für diese Aktion den Gemeinschaftsraum zu nutzen. *Du hast da wirklich ein paar komische lange Strähnen.* Sara greift in Maries Haar, massiert es und drückt die feuchten dünnen Spitzen aus, zieht sie lang und legt die trockene rosa Kopfhaut frei. *Ich bin bloß ein bisschen nervös gewesen, wenn du verstehst, was ich meine. Innerhalb von zwei Monaten habe ich zwanzig Kilo zugenommen, ehrlich, alle haben gesagt, von Abilify nimmt man ab, und was passiert?*, erwidert Marie und schließt die Augen, während Sara ihr den Nacken massiert. *Ich nehme davon zu. Also färbe ich mir jetzt die Haare, statt mir neue Klamotten zu kaufen.* Sara nickt und taucht die Fingerspitzen in die rote Masse, knetet die Farbe langsam ein, beginnt an den Wurzeln und arbeitet sich bis in die Spitzen vor. Dabei versucht sie, die Ohren auszulassen, kann aber nicht verhindern, dass sie rote Flecken bekommen. Nachdem Sara die Farbe ordentlich verteilt hat, sagt sie leise *so* und wirft die Gummihandschuhe in den Mülleimer. Die Farbe muss eine halbe

Stunde einwirken, sie schneidet einen Acht-Liter-Gefrierbeutel längs auf, um Maries rote Haarkrone damit zu bedecken; mit einem dünnen Haargummi zurrt sie ihn fest. *Lasst uns rausgehen und eine rauchen,* schlägt sie vor und bietet sowohl Marie als auch mir eine lange blaue Pall Mall an.

Die Mücken sind in diesem Spätsommer überall, es gibt kein Entrinnen. Weil es so heiß ist, schlafen wir bei geöffneten Fenstern, aber dadurch kommen die Mücken erst recht herein, in so dichten Schwärmen, dass man seinen Arm hindurchstecken kann. Manche sagen, es liege daran, dass wir so nah am Wasser wohnen, andere meinen, es liege an der Höhe. Heute früh ist Hector mit einem völlig zugeschwollenen linken Auge aufgewacht, mehrere Mücken haben ihn dort gestochen, und etwas später kam Waheed mit einem Ohr so groß wie eine Männerfaust herein. Wir stellen Mückenbalsam aus Eukalyptus- und Olivenöl her, reiben und schmieren uns ein, hängen abends wehende Seihtücher vor die Fenster, verknoten die Enden und liegen dann da und sehen sie fahl leuchten, der Wind bläst hinein und saugt sie wieder an, wir ziehen uns Handschuhe, Tücher und Mützen über, so dünne, wie wir nur finden können, dennoch werden wir gefressen. Wir alle werden gefressen. Wir gehen auf den Gängen auf und ab und kratzen uns, basteln uns Rückenkratzer aus zusammengebundenen Bleistiften, wir setzen uns in einer Reihe hintereinander und kratzen uns gegenseitig stundenlang den Rücken, unsere Haut spannt wie zum Platzen gefüllte

Wasserbälle, wir tupfen kalte Minzpomade auf die Stiche, um das Jucken für eine Weile zu lindern. Wir pressen Zitronen aus und sieben die Kerne heraus, geben den Saft in Sprühflaschen und sprühen einander ein, es brennt und beißt, setzt aber etwas in Gang, wir trinken Wasser mit Gurke und reiben uns anschließend die Gesichter mit den aufgeweichten Gurkenscheiben ein, wir gewöhnen uns daran, beim Geräusch lauten Klatschens gegen die Wände, in die Luft und auf den Boden einzuschlafen und mit einem Summen außerhalb von uns selbst.

Es sind Kian und Waheed, die den Abendausflug in den Süßwarenladen organisiert haben. Wie zwei zu lange gekochte Eier sitzen sie im Auto und riechen nach Stinktier. Ich bin nur der Abwechslung halber mitgekommen, Nadja fährt, sie liebt es, wenn die Betreuten von sich aus die Initiative ergreifen. *Der weltbeste Selbstbedienungsladen, die haben wirklich alles,* verspricht Waheed, die Zunge dicht am Gaumen, Kinn und Hals sind von hier aus gesehen eins. *Die Stadt gibt euch einen aus,* sagt Nadja, als wir aussteigen, Kian wirft die Tür hinter sich zu, *yes, man.* Die Luft draußen ist stickig, als hätte jemand den Spätsommer zu lange eingesperrt. Wir könnten von einem allumfassenden Zeithorizont träumen; dem Potenzial, eine Mehrpersonenpsychose zu teilen. Waheed füllt seine Tüte ausschließlich mit Dingen aus pastellfarbenem Schaum. Ich halte mich lieber an Durchsichtiges.

Um Lasses Ohrläppchen kleben lauter winzige Haare, er hat sich selbst mit einem Trimmer geschoren. *Wenn meine Haare zu lang sind, kann ich nicht denken,* behauptet er. Drinnen und draußen ist es gleich warm, Lasse dreht und wendet den Kopf, um die Luft zu kühlen. Wir essen Bonbons, und er reißt das Papier in kleine Stücke, Teile des Bodens sind davon bedeckt wie von Schimmel. Lasse öffnet das Fenster und wischt den Rahmen mit einer raschen, aber sorgfältigen Bewegung feucht ab. Wir halten uns an den Händen, denn wir fürchten uns, schließen schweigend die Augen, gleiten in den Schlaf und wieder hinaus. Dann öffnen wir erneut die Augen und wissen, was geschehen wird. Lasse steht auf und drückt die Klinke, durch den Spalt unter der Tür fällt das Licht grell herein. Wir befinden uns auf dem Territorium der Möwen.

Aus Maries Zimmer ist der markante Puls der Bässe zu hören, dazwischen ihr grelles Lachen, dazwischen ein Rufen. Eine Flasche zerschellt. Tiefe Stimmen murmeln durcheinander, drinnen wird es lauter. Hier draußen riecht es nach Dahlien. Ich kann die Blumen durch die Fensterpartie des Gemeinschaftsraums sehen, sie stehen abgeschnitten in einer bis zum Rand mit Wasser gefüllten Vase. Kian kommt heraus, schließt die Tür behutsam hinter sich; ich erhasche einen Blick auf Männer, ein paar Wasserflaschen, Wodka, Feuerzeuge, Postkarten, noch mehr Männer. Motten werden geklatscht, zumindest klingt es so. Kian nickt mir schweigend zu, ein heimliches Zeichen. Ich weiß, was die Zukunft bedeutet; eine Tür öffnet sich, Wände werden zu Fußmatten, das Taumeln eines Herzens.

Kian. Seine Hände greifen nach mehreren Dingen zugleich, und draußen donnert der Spätsommer vorbei, er verliebt sich schnell und beugt sich über die Tischplatte. Wir unterhalten uns leise und lange darüber, wie wir geschlafen haben. Versuchen, einander die Geografie der Nacht zu erläutern, die Architektur der Heimsuchungen. Sind wir allein? Anschließend gehe ich in mein Zimmer und lege Make-up auf. Ich lasse mir dafür eine geschlagene Stunde Zeit. Ich bin langsam, gründlich, es ist beinahe unerträglich langweilig, aber ich wünsche mir, dass es immer noch mehr Make-up-Schichten geben möge, dass sie immer noch mehr abdecken und ausgleichen, hervorheben und hineinmischen mögen.

Als ich das nächste Mal Make-up trage, habe nicht ich mich geschminkt, sondern Marie. Sie hat mal an der weiterführenden Schule einen Kurs als *Make-up-Artist* absolviert und rümpft die Nase über Personen, die ihre Augenlider nur mit einer Nuance Lidschatten versehen, *Amateure* sind das ihr zufolge. Mit dem eingetrockneten Abdeckstift versucht sie, die dunklen Ringe unter meinen Augen wegzuschminken, ihr Atem geht schwer und regelmäßig. Meine Haut passt sich ihren Bewegungen an, gibt sich einfach hin. Als Erstes nimmt Marie eine diskrete Farbe für das gesamte Lid bis zur Braue, dann schnauft sie und tritt einen Schritt zurück. Sie tupft sich Reste einer dunklen schimmernden Blumenfarbe in die Vertiefung zwischen Daumen und Zeigefinger und taucht den Pinsel ein. Ihre Hände sind ölig und riechen nach Hasch. Sie lässt die zweite Farbe in einer ungleichmäßigen Spitze am Ende der Augenbraue auslaufen. Der flüssige Eyeliner ist trocken und kalt, Marie macht mit den Wangenknochen weiter. *Es ist schwierig, wenn du so schwitzt,* nuschelt sie irritiert, den Schaft der Bürste im Mund.

Im Auto zur Gerichtspsychiatrie in Glostrup hüpft Waheeds Knie permanent auf und ab, es macht keine Pause, gönnt sich keine Ruhe. *Wart ihr schon mal dort?*, fragt Lars, als er an einer Kreuzung hält, die ich nicht sofort als solche erkenne. Waheed nickt. Wir wollen Kian auf Station 810 besuchen, wo er auf das Urteil zu seiner Zwangseinweisung wartet. Erst vor ein paar Tagen ist er dorthin verlegt worden, nachdem er zunächst im Vestre Fængelse in Untersuchungshaft gesessen hat, vielleicht mit medizinischer, höchstwahrscheinlich aber ohne psychiatrische Betreuung, er hat einen Apotheker bedroht und sowohl Tabletten als auch Geld von ihm gefordert und wird vorläufig nicht rauskommen, wird nicht wieder in unser Wohnheim zurückkehren. Auf dem Parkplatz neben einer Ansammlung flacher gelber Backsteingebäude steigen wir aus, sie sind von niedrigen Hecken umgeben, die wahrscheinlich jeweils den Innenhof umschließen. Ich zünde mir eine Zigarette an, und Waheed tut dasselbe, wir schauen uns an, er und ich, keiner sagt was, aber wir rücken enger zusammen, starren auf denselben Punkt im Kies; den Punkt, an dem ein Stein sich in Farbe und Größe von den anderen unterscheidet, doch als Lars zu uns herüberkommt, wird das

Gefühl, kollektiv auf diesen Stein vor der Gerichtspsychiatrie Glostrup, Station 810, fokussiert zu sein, unterbrochen. Hinter dem Zaun ist der Boden von zerdrückten gelbgrünen Blättern übersät; er leuchtet wie ein von Algen bedeckter Fluss. *Ach, jetzt hätte ich doch beinahe das Wichtigste vergessen,* ruft Lars und geht noch mal zum Auto, um eine Packung Toffifee und drei Schachteln weiße Prince herauszuholen. Waheed reibt sich den Nacken, ich drücke meine Kippe in den Kies.

Station 810 unterscheidet sich auf den ersten Blick nicht von anderen geschlossenen Abteilungen, abgesehen von den umfangreicheren Sicherheitsvorkehrungen. Diese fallen mir auf, als das Personal uns bittet, unsere Handys und Taschen in einem Schließfach zu verstauen, auch tasten sie uns am Eingang kurz und ungeschickt auf eventuelle gefährliche Gegenstände ab, sie finden nichts. *Ich schließe Ihnen jetzt auf, Sie haben ungefähr eine Stunde, ich klopfe rechtzeitig, wenn die Besuchszeit vorbei ist.* Als wir in den Aufenthaltsraum treten, wird mir klar: Hier gibt es keinen Unterschied zwischen Behandlung, Strafverbüßung, Rehabilitierung, es ist nichts als ein zäher Rundgang zwischen Gefängnis, Wohnheim, Klinik; hier gibt es keine Hoffnung auf Besserung, hier wird nicht zwischen Strafe und Hilfeleistung unterschieden. Hier gibt es: Eingewöhnung, Einordnung, Eindämmung, Eindämmung, Eindämmung. Kian erscheint hinter einer halb geschlossenen Tür, er lächelt schwach. *Hier ist es,* sagt er und führt uns in einen Raum mit einem schwarzen Ledersofa, einer Vase ohne Blumen, ein paar Wochenzeitschriften. Um den Kaffee kümmert sich das Personal, er schmeckt bitter und säuerlich. Waheed setzt sich nicht, mit den Händen in den Hosentaschen bleibt er an der Tür stehen. *Willst du dich nicht setzen?,* fragt Lars prompt und stellt die Schokoladenschachtel auf den breiten, niedrigen Couchtisch, der uns voneinander trennt. *Was glaubst du, wieso ich hier stehe?,* antwortet Waheed, hinter der Tür sind gedämpfte Stimmen zu hören, dann sind sie fort. Die Toffifee haben wir innerhalb von fünfzehn Minuten vertilgt, Kian drückt seine Zigarette auf der Tischplatte aus.

Im Gemeinschaftsraum am Ende des Gangs sitzt Lasse am Computer und scrollt durch einen langen Blogbeitrag mit groß gezogener schmaler Typo; es geht um Indigo-Kinder und Astralleiber, um die schädlichen Eigenschaften von Wasser, um Meditationsübungen, Atemübungen und darum, wie es sich anfühlt, ein Korken auf dem Meer zu sein oder eine Muschel am Körper der eigenen Frau. Hector singt »Numb« von Linkin Park, inzwischen kann er es fast. Die Homepage borger.dk behauptet, Lasses EasyID gebe es nicht, er starrt resigniert auf den Bildschirm. Dann singt Hector »Man in the Mirror« von Michael Jackson, und als ich aus dem Fenster schaue, ziehen Wolken vorbei. *As I turn up the collar on/My favorite winter coat/This wind is blowing my mind.* Lasse nimmt die Hand von der Maus und dreht sich auf dem Bürostuhl um. Auf dem Bildschirm sind Fettflecken zu sehen, die Sonne lässt sie hervortreten. Fast gleichzeitig stehen Lasse und ich auf, stellen uns neben Hector, singen: *You can't close your/your/your/your mind.* Wir schauen auf den Bildschirm, den hellen Hintergrund mit dem dunklen Text, durch das Licht wird die Staubschicht auf dem Fernseher sichtbar und dahinter: Lasse, Hector und ich, wir sehen uns in der Spiegelung, aufrecht und leuchtend. *Stand up! Stand up! Stand up! Stand up and lift yourself/Now.*

Waheed ist nach einem kurzen Klinikaufenthalt wieder zurück, die Wut setzt sich in der Haut fest. Auf dem Gang kommt er mir entgegen. Ich sehe seine nackten Arme, weich und mit dünnem dunklem Haar bedeckt, die Hände hat er in den Hosentaschen vergraben. Sein Gesicht ist straff nach innen zusammengezogen, bis sein Blick meinen trifft, da faltet es sich auseinander, lockert sich langsam. Wir tragen angestrengt an unseren Waffen.

Wir schaffen es kaum, uns an die Grimassen zu gewöhnen, bevor die Gesichter schon wieder eine neue Form angenommen haben. Auch unsere Hände sind nicht dieselben, meine sind eckig und die Finger zu beiden Seiten des Gelenks gleich dick, während Waheeds geschmeidiger, schlanker und, da, wo die Nägel beginnen, dünner sind, sie liegen auf dem Tisch, wie frische Pasta auf einer Schnur hängt. So sehen die Hände aus: als würden sie warten. Und genau wie sich die Gesichter vergleichen lassen, lassen sich diejenigen, die vor der neuen Sozialreform erkrankt sind, mit denen, die danach erkrankt sind, vergleichen. Wir können eine Linie zwischen ihnen ziehen. Es war nicht nur Glück, es war Notwendigkeit, dass Waheed frühverrentet wurde, dass jemand auf ihn aufmerksam wurde. Dass er als arbeitsunfähig anerkannt wurde. Inzwischen ist so etwas fast unmöglich. Seine weiche Hose lädt sich im Nu statisch auf, ganz anders als meine Klamotten. Ich trage am liebsten nicht elektrische Stoffe, es ist eine Art Prinzip, eins von vielen Prinzipien. Was ist Frühverrentung anderes als ein Versprechen minimaler Stabilität, eine dünne Decke, die Möglichkeit von Gras in einem alternden Steinmonument.

Ich sitze am Tisch in der Gemeinschaftsküche und lege Patiencen. Lasse tritt aus seinem Zimmer und kommt in die Küche, seine Arme sind lang wie Nerven. Ich sehe, wie er ein Glas aus dem Schrank nimmt und den Rest eines Energydrinks hineingibt, dann füllt er es bis zum Rand mit Wasser auf. Ich verziehe den Mund zu einem Lächeln, er trinkt die Hälfte am Waschbecken aus und kommt dann herüber, setzt sich breitbeinig auf einen Stuhl. Der obere Teil seines Rückens ist gekrümmt, der Hals dagegen nach oben gereckt, mit hochgezogenen Augenbrauen sieht er mich an, den Mund geöffnet und fast ohne zu blinzeln, seine Augen sind rötlich, die Bartstoppeln dünn und unterschiedlich lang, er riecht nach einer Mischung aus alter Pfeife und Magensäure, gekochtem Schinken, dann beugt er sich über den Tisch, stützt den oberen Teil der Brust auf die Tischplatte und sagt: *Ich habe mich selbst befreit, ich habe mich losgerissen von allem, was ich bin,* der Saft befeuchtet seine gesprungenen Lippen, ich vergesse, dass das Blut ihnen ihre Farbe gibt, dass es am Blut liegt, dass man sie vom Rest des Gesichts unterscheiden kann. *Ich brauche mir keine Gedanken mehr über Krankheiten oder eingerissene Nägel zu machen,* er betrachtet mich von irgendwoher, *denn das bin nicht ich,* damit kippt er den Rest der Flüssigkeit hinunter.

Jemand ruft uns, sagt Marie und fährt sich mit rauen Fingern durch das trockene, störrische Haar. Hector hat sich aus der Bibliothek ein Notenheft mit Michael-Jackson-Songs geliehen, welche er jetzt ausdauernd auf dem Klavier im Gemeinschaftsraum spielt. Marie reibt die Ecke eines Stücks Papier zwischen den Fingern, weicht die scharfen Kanten auf, legt es dann müde auf den Tisch. *Kommt Helle nicht bald?,* fragt sie, wir wissen nicht, wo die Mitarbeiter sind, sind wir allein? Jemand ruft uns, und Hector dreht sich um. *Maybe she's never coming back,* sagt er. Maries Hände zittern, die Tränensäcke unter ihren Augen sind geschwollen, ein tiefer Wallgraben. Ich stehe auf, fülle den Wasserkocher und nehme drei Tassen heraus. In eine gebe ich zwei Löffel Nescafé, in die zweite nur einen sowie einen Löffel Zucker und in die dritte einen Beutel Forrest-Fruit-Tee, ganz hinten aus dem Schrank. Als ich kochendes Wasser über den Beutel gieße, breitet sich der Geruch süßer roter Früchte in der Küche aus, *wollen wir eine rauchen?,* frage ich, und wir nehmen unsere Tassen mit nach draußen auf den Balkon. Marie ist blass, Hectors Füße lösen sich kaum vom Boden. Jeden Tag gehen wir am *Herr der Ringe*-Poster vorbei, und jeden Tag spüren wir sein stummes Urteil im Rücken. Es schaut uns an; die hellen Deckenplatten und die harte Spiegelung des Bodens betrachten uns, als könnte man Krankheiten nicht nur über das Blut weitergeben, sondern auch über Schritte und Aufenthalte und indem man sich an Wänden entlangschleppt.

Hector ist weder ein guter Schlagzeuger noch sonderlich musikalisch, aber alle Mitglieder der Wohnheim-Band wollen mit dabei sein und eine gemeinsame Verbindung zurück in eine gemeinsame Welt schaffen. Lasse spielt Trommel, Lars Gitarre, der Praktikant Bass, und ich spiele Keyboard und singe. Der Probenraum befindet sich im Keller, wir spielen jeden Donnerstag, und heute üben wir für den Sankt-Hans-Lauf; ein Sportereignis für die Mitarbeiter, Angehörigen und Patienten der gleichnamigen psychiatrischen Klinik etwa dreißig Kilometer von Kopenhagen entfernt. Es gibt sowohl zwei, fünf als auch zehn Kilometer lange Strecken, alle führen durch die wunderschöne Gegend am Roskilde Fjord oder durch den Boserup-Wald. Am Ziel gibt es Obst und Sandwichs, es werden Medaillen verteilt, und wir, Wild and Gentle, spielen berühmte Rockmelodien. Die Enden des schwarzen Vorhangs bewegen sich ohne Unterlass. *I'm pulling you close/You just say no.* Hector ist aus dem Takt geraten. *You say you don't like it.* Er spielt aber auch keine tragende Rolle. *But girl, I know you're a liar.* Der Keller ist geräumiger, als man zunächst denkt, streckt und erweitert sich mit jedem neuen Raum, den man betritt. Handwerker in

Blaumännern. Manchmal lande ich mit dem Aufzug versehentlich im Keller, und dann kommt es vor, dass ich in Panik gerate. Einmal habe ich da unten Lasse in einer abgelegenen Ecke getroffen und war überzeugt, dass er ebenfalls versehentlich dort gelandet war. Das Ende ist eindeutig am schwierigsten. *Fire.* Wir müssen uns ansehen, lange und konzentriert, und unsere Hände dazu bringen, das zu tun, was wir von ihnen verlangen: drei kurze Schläge direkt hintereinander. *Fire.*

Eine neue Kühle liegt in der Luft, als wir heute auf dem Balkon stehen, bald wird es Herbst. *Zum Glück,* sagt Sara, den Pullover bis fast über die Hände heruntergezogen, die Ärmel verbergen sowohl die rosa Narben als auch die dunkelroten Schnitte. Die Wolken sind Botschafter einer neuen Zeit, ich sehe es ihnen an, sie leuchten wütend weiß am fast unnatürlich blauen Himmel. Die §-108er sind regelrecht aufgeblüht, seit es richtig Spätsommer geworden ist. Sie lärmen und reden draußen auf den Balkonen, in den Mittagspausen lächeln sie und stoßen sich an, als hätten sich die dem Sommer innewohnenden Erwartungen endlich verflüchtigt, zusammen mit dessen schwülen Nächten. Eine Bewohnerin ist gestern sogar zu uns hochgekommen, um zu fragen, ob von uns jemand beim Yoga am Mittwoch mitmachen wolle, sie könne da einen Kurs organisieren. Ein paar von uns haben genickt, vielleicht aus Höflichkeit, aber auch ernst gemeint, obwohl wir genau wissen, dass es nur selten klappt, wenn man verspricht, jeden Mittwoch zu kommen, egal, wie fest man es sich vornimmt. Gegen Viertel vor elf wollen wir uns heute unten treffen, um mit dem Wohnheimbus nach Sankt Hans zu fahren. Sara gehört zwar nicht zur Band, hat aber mit

Nadja zusammen für den Lauf trainiert und sich die Zehn-Kilometer-Distanz vorgenommen. *Bist du nervös?*, fragt sie mich und starrt dabei weiter geradeaus. *Vielleicht ein bisschen,* antworte ich, aber das ist gelogen; ich liebe es, auf der Bühne zu stehen, egal auf welcher, ich liebe es, so dicht am Mikro zu singen, dass es vom Speichel feucht wird und man meinen Atem hört, tief und ehrlich, ich liebe es, wenn die Zuschauer mein Gesicht betrachten, wie es sich vor Hingabe an die Show und an die Gefühle verzerrt, es ist mir egal, wo ich auftrete, Hauptsache, ich kann auftreten. *Du machst das bestimmt megagut,* sagt Sara, schnipst die Zigarette über das Balkongeländer, greift mit dem Zeigefinger ungeschickt nach dem Henkel der Kaffeetasse und geht wieder rein.

Lars schaltet das Radio ein und startet den Motor. Ich habe in der vergangenen Nacht kaum geschlafen, bin aber zum Glück nicht die Einzige. *Poletter, anyone?*, fragt er, ohne den Blick von der Straße zu wenden. Er stellt uns die Lakritztüte hin und trommelt mit den Fingern leise den Rhythmus der Radiomusik auf seinen Oberschenkel. Lasse streckt die Hand aus und nimmt sich ein paar Drops. Hector sitzt ganz hinten und schläft, den Kopf an die Scheibe gelehnt. Wir werden rechtzeitig in Sankt Hans sein, sodass wir in Ruhe alles aufbauen, eine Tonprobe machen und noch Kaffee trinken und eine rauchen können. *Seid ihr aufgeregt?*, fragt Lars, und der Praktikant grinst breit in den Rückspiegel. *Yes, very excited,* antwortet Hector halb schlafend, halb auf einer Lakritzmünze mümmelnd. Ich bin noch nie in Sankt Hans gewesen, aber etwas an der Abgeschiedenheit dieses Ortes hat mich immer angezogen; endlose grüne Wiesen und keine Menschen von außerhalb, tiefe Seen, in denen man sich erfrischen kann, zum Verzweifeln schöne Laufstrecken am Wasser entlang, ein ruhiger Klinikaufenthalt, ein stiller Garten. Ganz anders als in der Stadt, wo sie schnell und schroff vonstattengehen und wo man keinen Abstand von der Gesellschaft ringsum bekommt, man bleibt von der Welt umgeben; von Leuten, die es eilig haben, mit dem Rad zur Arbeit zu kommen, die rasch den Blick senken, wenn sie trostlosen Gestalten wie uns begegnen. Ich habe mir Sankt Hans immer wie eine psychiatrische Klinik im Film vorgestellt; mit der Aussicht auf lebenslange Freundschaften, sowohl mit dem Personal als auch mit den Mitpatienten, ein brutales System, das hier aber von Menschen, die anderen Menschen Gutes wollen, abgemildert wird. Als ob das System nicht menschengemacht wäre, als ob meine eigene romantische Vorstellung von einem Aufenthalt in einer psychiatrischen Klinik auf dem Land nicht ebenfalls Teil des Systems wäre; dass Kranke einfach nur frische Luft in einem Leben außerhalb der übrigen Gesellschaft brauchen. *Es ist meistens total nett dort,* sagt Lars, Lasse grinst und nickt, öffnet und schließt nervös die Finger. Ich lasse die Fensterscheibe herunter, sodass Luft ins Auto strömt, das Geräusch des Winds übertönt fast alles andere.

Wenn ich jetzt die Augen schließe, kann es sein, dass ich mich hinter meinem eigenen Nacken befinde. *Mama, take this badge off of me.* Lars' zweite Stimme legt sich über meine wie ein süßes Kissen über die Atemwege. Als ich die Augen wieder öffne, sehe ich die Patienten auf der Wiese tanzen; eine Ansammlung von Sweatshirts mit langen Ärmeln im Wind. Einer hat einen pinken Hut auf, ein anderer hat schulterlanges krauses Haar, das der Wind nach oben weht. Das Gras unter ihren Füßen ist gelb, zwischen den einzelnen Personen steigen Rauchsäulen von den Zigaretten auf, Koordinaten eines anderen Ortes. Wir sind fast durch mit unserem Programm. »Knockin' on Heaven's Door« macht den Tanz elastisch und glücklich, ein Patient dreht während der gesamten zweiten Strophe eine Pflegerin um die eigene Achse. Jemand in der Menge hält inne und trinkt einen Schluck Wasser, die Sonne hat ihren höchsten Stand erreicht. Unter einem Baum steht eine kleinere Gruppe in identischen weißen T-Shirts mit dem Aufdruck »Sankt-Hans-Lauf« und packt Sandwichs aus, ein schöner Tag für einen Ausflug. Wir lassen das Publikum begeistert zurück. Die Handrücken von uns weggedreht, die Fäuste zum Himmel erhoben.

Als wir auf die Fünf zurückkommen, haben die anderen schon Pizza bestellt. Der Tisch in der Gemeinschaftsküche ist gedeckt, und der Fernseher läuft. Kirstine öffnet die Zwei-Liter-Flasche eisgekühlter Cola und schenkt mir ein. Lars schnappt sich ein Stück Pizza, ruft *tschüs* und *danke für das tolle Konzert!*, und bevor er Richtung Treppe verschwindet, fasst er mich an der Schulter, *gut gemacht!*, dann lässt er wieder los. Ich weiß nicht, wohin mit mir. Wir schauen uns im Fernsehen die erste Folge von X-Factor an, Waheed stellt den Ton lauter. Kirstine setzt sich neben uns auf den Sessel, den Teller auf dem Schoß, hält sich beim Lachen die Hand vor den Mund. Auf dem Gang eilt Marie vorbei, sie nickt uns nur kurz zu.

Die meisten von Saras Möbeln stehen aufeinandergestapelt im Flur. Sie zieht nicht aus, bei ihr wird nur ein neuer Eschenholzboden verlegt. Ich muss mich an der Wand entlangschlängeln, um am Bett vorbeizukommen, das glatt und ordentlich gemacht und mit der beigefarbenen Tagesdecke darauf mitten im Gang steht. Der Eschenholzboden leuchtet durch den Türspalt wie etwas Altbekanntes. *Es liegt am Linoleum, dass ich Schlafstörungen habe,* behauptet Sara, *es liegt am Linoleum, dass keine Besserung eintritt.* Aber jetzt lässt sich die Tür zu ihrem Zimmer nicht mehr öffnen, denn das Holz ist im Laufe der Nacht aufgequollen und hat sich über die Schwelle geschoben. *Vielleicht können wir die Tür ein bisschen anheben?,* schlägt Lars vor, den Kopf zur Seite gedreht, beide Arme umfassen die Tür. Er zieht die Augenbrauen bis zum Haaransatz hoch. Sara hockt auf einem Sitzsack, resigniert, *ich gehe raus, eine rauchen.* Die Einrichtungsgegenstände ihres Zimmers auf dem Gang; ein Sessel, die Kommode, das grelle Licht, der glänzende Boden, dessen Gewöhntsein an fast alles, ein Zierbaum, ein Nachttisch, eine dekorative Lampe. Die Zimmertür ist massiv, es wird schwierig werden, einfach unten ein Stück abzusägen. *Ich rufe mal im Keller an,* sagt Lars, die Hand in der Hosentasche, *da muss ein Profi ran.*

Als mir der Aushilfsnachtdienst mitteilt, dass Mark sich krankgemeldet hat, beschließe ich, in die neblige Nacht hinauszugehen. Es ist kalt draußen, die Luft prickelt. Ich überquere die Straße und betrachte das Haus. Wonach sieht es aus, wenn es so ins Wanken gerät? Wie eine Schatulle voller Heimlichkeiten? Unser Schlaf hält das Mauerwerk zusammen. Mein Zimmerfenster ist halb geöffnet, das erkenne ich von hier. Plötzlich sieht es nicht mehr aus wie meins.

Wir warnen niemanden vor.

Wir haben uns auf dem Balkon versammelt, die Sonne scheint uns ins Gesicht, eins leuchtender als das andere. Wir leben im Durchschnitt fünfzehn bis zwanzig Jahre kürzer als gesunde, nicht psychisch kranke Menschen. Das liegt nicht nur an der Selbstmordquote, sondern auch an den Nebenwirkungen der Medikamente sowie zahlreichen anderen Erkrankungen, somatischen Leiden sowie Infektionskrankheiten. Kranke werden kränker, ohne dass es rechtzeitig erkannt wird. »Unsichtbare Leiden«, hören wir andere die psychiatrischen Diagnosen nennen, Krankheiten, die man nicht sieht, aber wir sehen sie sofort, sie sind klar und markant in unsere Körper eingeschrieben, in unsere Sterblichkeit, es reizt uns zu fragen, aus welchem Grund man psychische Leiden als unsichtbar bezeichnet. Liegt es daran, dass man sie an der Peripherie verortet, oder an ihrem Status als unverständlich, individuell, unzugänglich? Ist das Vorhandensein einer Depression in den Knochen, in den Gliedern unsichtbar, ist die anhaltende physische Erschöpfung unsichtbar? Ist das psychomotorische Tempo unsichtbar? Ist das Stoffwechselversagen unsichtbar? Sind die rosa, die lila, die bläulichen und weinroten Verletzungen und Narben unsichtbar? Sind das Zittern der

Hände, der Füße, sind die psychotischen Krämpfe unsichtbar, ist die motorische Unruhe unsichtbar? Oder die aufgeblähten Bäuche? Ist der blasse, verwirrte Blick unsichtbar? Wir strecken die Zungen heraus, um an den Staub der Dachziegel zu kommen. Zwanzig Jahre. Unsere Zungen sind nicht lang genug. Man müsste umfassende Verbesserungen im gesamten Gesundheitssystem fordern. Eine endgültige Zerstörung kann auch ein Neubeginn sein. Wir sind es nicht, die auf einen Unterschied zwischen unseren Gehirnen und Lungen bestehen, im Aufeinandertreffen mit Menschen und Orten stellen sie mögliche Erweiterungen dar, sie sind potenzielle Todesküsse, so viel wissen wir. Die Grundlage unserer Existenz ist Machtlosigkeit plus Verlassenheit, und so, wie das System sie beurteilt, sollten wir den Organen lieber nicht vertrauen. Der Dachziegelstaub löst sich im Mund rasch auf, und hinter uns erstrahlt die Mauer.

Und so stehen wir am Ende des Gangs und betrachten die Dinge, Lasse, Waheed, Hector, Marie, Sara und ich; in einer Mischung aus Neugier und Ekel. Die Neigung der Sessellehne, das Changieren des Grüns wie der beleuchtete Boden einer Weinflasche. Wir besitzen nicht übermäßig viele Pflanzen, aber die, die wir haben, tragen wir hinaus. Wir nehmen sie heraus aus ihren innigen Beziehungen mit der Sonne, entfernen sie aus den glattweißen Arealen der Wohnung, vermeiden Verschwörungen und Komplotte, indem wir sie einzeln im Aufzug platzieren. Wir werfen die Weihnachtssterne und Zimmerpalmen weg, den Lehnstuhl schieben wir in dieselbe Richtung, wir nehmen das Whiteboard von der Wand und stellen es quer, genau so kann es stehen bleiben. Wir pflücken die Lichterketten herunter, die geschlängelte lilafarbene mit den dünnen Röhrchen, die aussehen wie Penne-Nudeln, und dann die herzrote, wir wickeln sie zu einer Art Knäuel umeinander. Wir montieren die rechteckige Leuchtstoffröhre ab, wir helfen uns gegenseitig, wir stellen uns auf Stühle und nehmen konzentriert erst die Deckenplatten und dann die Lampen entgegen, wir lassen die Deckenplatten auf dem Boden stehen, nachdem wir mit ihnen fertig sind. Noch ein weiterer Transport mit dem Aufzug, weg mit den Röhren. Wir sehen sie niemals wieder.

Hinter den gerahmten Postern weicht die Farbe leicht vom Rest der Wände ab, sie macht eine Zeitlichkeit oder ein Vergessen sichtbar. Mit der Glasfläche nach unten hebeln wir den Rahmen auf und ziehen das schlaffe, zerknitterte *Herr der Ringe*-Poster heraus, legen es vorsichtig neben die Scheibe und rollen es ein, eine Bewegung fort von uns selbst. Wir heben die Rahmen auf, die noch ganz sind, manche haben Risse oder Sprünge im Glas. Die Poster rollen sich wieder auseinander, wir binden sie mit straffen Gummibändern zusammen, wir stellen die Glasscheiben vor das Personalbüro. So fahren wir fort, bis die Wände um uns herum von Farbabweichungen gefleckt sind.

Wir räumen den Geschirrschrank in der Gemeinschaftsküche aus. Teller, Gläser, Gabeln. Die haltbaren Lebensmittel haben wir bereits in einen Karton gepackt und neben die Tür gestellt, die Kühlschränke gähnen leer, mit Fettflecken und Zwiebelschalen und eingetrockneten Thousand-Islands-Dressings auf den Glasböden als einzigen Zeugen unserer Existenz. Sind das Blumen in Hectors und Lasses Händen? Sind das Rosen aus den Rabatten der Altbauviertel, handgepflückt und von ihnen gestohlen? Wir breiten sie auf den silberblanken Küchenarbeitsflächen aus, ziehen uns Handschuhe an und entfernen die grünen Blätter. Wir ordnen sie paarweise in den letzten drei hohen Kaffeebechern an, die wir zurückbehalten haben, ein paar auch in einem schmalen Spargelglas, Hector hat es in einer Schublade gefunden, von der wir gedacht hatten, sie wäre leer. Eins nach dem anderen tragen wir die Blumengefäße auf den langen Gang hinaus; den Raum, in dem wir uns am meisten aufhalten, den wir aber am wenigsten nutzen.

Wir öffnen die Fenster für jemanden oder etwas.

Das Geräusch von Schiebetüren, die sich öffnen, diskret, aber schockierend. Ich habe mich auf einen Sessel im Erdgeschoss gesetzt, um etwas anderes um mich zu haben als mich selbst. Der Nachtdienst ist unterbesetzt, man hört es an den hastigen Schritten und sieht es an den vielen unbekannten Gesichtern. Mark ist immer noch krankgeschrieben, um mich herum überall Plaids. Sara setzt sich neben mich, ihr Haar glänzt vor Fett und Schlaf. Durch die Schiebetüren kommen Lasse und Hector mit ihren sanften Augen und Gesichtern. Sara massiert den weichen Punkt zwischen meinem Daumen und meinem Zeigefinger. Lasse hustet, der trappelnde Schritt des Nachtdiensts im Hintergrund. Hector schließt kurz die Augen, ich sehe, wie sie sich unter seinen Lidern bewegen. Schlaf ist etwas, das in ihm ansteigt. Wieder das Geräusch der Schiebetüren; Marie blickt stur geradeaus, ihre Lippen sind wütend zusammengekniffen, sie setzt sich auf den Stuhl neben Lasse. Sie spreizt die Beine, lang und weiß mit blauen Flecken, Narben, Dehnungsstreifen. *I will get hot chocolate for everyone,* sagt Hector und steht auf. Ist es Waheeds Hand, die wütend an die Wand des Personalbüros schlägt? Plötzlich kommt er heraus, hinter ihm der besorgte Nachtdienst, einen Moment blicken die Männer ihm nach, dann kehren sie wieder um und verschwinden hinter der halb geöffneten Bürotür. Waheed lässt sich schwer auf einen Stuhl fallen, er sitzt schief, weil ein zerknülltes Plaid von der Rückenlehne gerutscht ist, er selbst merkt es nicht.

Hector muss mehrmals gehen, er stellt zwei volle Tassen ab, dann geht er wieder los und holt die nächsten. Wir verbrennen uns alle die Zunge. Ein Alarm ertönt, die Gürtel der Angestellten blinken, und sie rennen los. Die Deckenplatten sind verfärbt, ein trauriges Gemälde. Der Automatenkakao erinnert mich an Bahnhöfe, Wartesäle, wir trinken ihn hastig, er hinterlässt braune Spuren um Maries Mund. *Bald ist es so weit,* sagt Lasse, Hector summt leise vor sich hin, *all for freedom and for pleasure.* Der letzte Tropfen enthält fast nur noch Pulver. Waheeds Tasse stößt klirrend gegen die anderen, als er sie auf dem Tisch abstellt und sagt, *ich finde, wir sollten jetzt gehen.* Er steht auf und nimmt den Stuhl mit dem Plaid. Wir nicken. Wir nehmen die Einrichtung des Wohnheims mit; alles, was wir tragen können, nehmen wir mit.

Lasse geht hinter Hector, den Arm voller klirrender Tassen, Marie legt die Hand auf Waheeds Schulter, greift sich auf dem Weg nach draußen noch ein dunkelrotes Plaid, es passt zu ihren jetzt ausgeblichenen Haarspitzen. Sara und ich haben uns unsere Stühle unter den Arm geklemmt und halten einander an den fettigen Händen. Wir reden nicht, wir summen auch keine Lieder mehr, nichts als das dumpfe Geräusch unserer Schritte. Hinter uns schließt sich die Schiebetür so diskret, wie sie sich geöffnet hat, sie macht fast kein Geräusch. Ein paar einzelne Vögel singen, es wird hell. Ein sanfter Übergang zum Tag. Marie wirft sich das Plaid um die Schultern. Dunkelroter Wind. Über uns nichts als Morgengrauen.